素衣闲坐 赏杏花

吕秀彬 著

中国文史出版社

图书在版编目（CIP）数据

素衣闲坐赏杏花 / 吕秀彬著 . -- 北京：中国文史出版社，2020.12

（跨度新美文书系）

ISBN 978-7-5205-2843-6

Ⅰ . ①素… Ⅱ . ①吕… Ⅲ . ①散文集－中国－当代 Ⅳ . ① I267

中国版本图书馆 CIP 数据核字 (2020) 第 253754 号

责任编辑：金　硕　胡福星

出版发行　中国文史出版社
社　　址　北京市海淀区西八里庄路 69 号院　邮编：100142
电　　话　010-81136606 81136602 81136603 81136605（发行部）
传　　真　010-81136655
印　　装　阳谷毕升印务有限公司
经　　销　全国新华书店
开　　本　650 × 960　1/16
印　　张　17.75
字　　数　200 千字
版　　次　2021 年 4 月北京第 1 版
印　　次　2021 年 4 月第 1 次印刷
定　　价　52.00 元

目 录

Contents

心灵原乡

花上人情

良辰弦歌

陋室闲章

序：板浦是写不完的

张文宝

人活一辈子到底为了什么，吃饭、睡觉、干活，油盐酱醋，烟熏火燎，忙忙碌碌，累死累活，烦恼人生，其实就是为了一个目的，寻求精神栖息之地。这是冥冥中进行的事情，在不知不觉之间完成，有的人能意识到，有的人却是浑浑噩噩、茫然不晓。

吕秀彬想做一个精神上高贵的人，目光看向了一个幽静的小地方，散落一片片文化碎片、绿肥红瘦的板浦。

我结识吕秀彬很早，那当儿，他在灌云县城里当老师。他大学中文系毕业，喜欢舞文弄墨。我的朋友几乎都与文学沾边，在文学的屋檐下守望蓝天，眺望飘来心仪的五彩云朵。我与吕秀彬第一次见面握手，被他瘦瘦高高的个头、宽阔的额头所吸引，他的额头光洁、闪亮，耀现着魅人的光泽，像峭拔的山峰，高高的，从上面能发现、看到别人看不到的风景，又若辽阔的大海，从秦汉辞赋奔腾过来，带着唐诗宋词，慨叹时间中烟波浩渺的生命。

人与人不一样，文学人也许心灵徜徉在诗意的远方，精神的灵魂在宁静中达到快乐。灌云县城伊山镇花园般的城市，让乡镇多少老师眺望、追求，可遇不可求，然而，吕秀彬没有满足感，没有欣赏眼前的一切，没有充足的快乐，他有一种烦乱、失落的情绪，不安心立定于大伊山下，稍显得孤单、寂寞。

人有时并不是仅仅吃饱肚子，有一个安稳的工作，舒适的住处，就能放下一切，舒畅或淡然地度过人生。人活的是一种精神，需要内心精神烈焰的燃烧。

带着一身粉笔灰，吕秀彬匆匆走过大伊山，来到了板浦高级中学，来到了李汝珍小憩过的小镇。

他满头脑里是文学前辈、大师，也想再写一部如梦如幻的大作？

在板浦南边的善后河，他扔下一块石头，激起了浪花，惊醒了睡着的河，惊醒了李汝珍纪念馆院内的皂角树，惊醒了小镇的街、秋园的桃花、荷花池枯黄的芦苇……

也许还惊醒了李汝珍。

吕秀彬心净了，心静了，心灵变得美丽了。他获得了快乐，看到的生命都是快乐。他的眼中，古老的小镇年轻漂亮，像一盆盆景，小巧玲珑，风姿娇娆，灵性奇绝。他拿起笔，蘸着板浦善后河里纯净的水，写宽阔大河里每一条涟漪，写河边裸露出盘根错节的树根，写两岸桃花绚烂的桃林，写每一条青石板街巷的悠悠古情，写李汝珍在皂角树下读书、打盹、吟诵、叹息、笑声。

古人李汝珍写《镜花缘》，眼界很宽、很大，写出了理想的大境界。吕秀彬被李汝珍染上了气息，没有写板浦而写板浦，跳出来写，写大自然中所熟悉的东西，写自然的灵性，写生命的意义，写精神境界，写自己崇尚的和不屑的东西。他写的从容，神闲气静，不矫作，不装腔作势，不网罗、堆砌动听的套话、虚话、谎话，赋予了文学一种圣洁，一种爱读、爱品的魅力。

于是，有了新出版散文集《素衣闲坐赏杏花》。

是老友了，吕秀彬懂得我，我也懂得他。我常玩笑说他是“板浦的徐志摩，打着一把油纸伞，从深巷里脚步轻轻地走出来”。他婉约的文字散发着徐志摩诗句的气息，瘦条条的身子有着徐志摩的身影，不算茂盛的头发被风扬起，像是徐志摩放飞生命的千千阙歌。

每一次走进板浦，我暗暗期冀，看到吕秀彬打着油纸伞，从小巷里走出来。

《素衣闲坐赏杏花》出来了，吕秀彬用他的前半辈子写了这本书，写了自己精神的世界。这是他写的第三本书，也是最值得欣赏的书。我恍如看到吕秀彬走在板浦街巷里。他的文字很细、很静、很美，犹如夏日开放的小花，在僻静阴凉处，活泼泼的，独放娇美。我轻轻地揭开书，生怕稍不慎发出沙沙声响，打扰了小镇的宁静，惊落了国清禅寺一旁枇杷树开放淡黄色的花瓣。书中的文字跳入眼中，像是小溪春水，挡不住地淙淙流淌，每一个文字若灵动的水珠，生命的结晶体，是活的，有温度，有生命的灵魂，蹦跳有声，它与日月星辰一块呼吸，它与风和云一起飞舞，它与河流、桃花、小草齐声歌唱。

不理解、不体悟，不内心通透，怎么能写出大自然中活的生命，即使写出来也是僵硬的、死的。吕秀彬拿自己的心与草木、河流、古宅、古人、春夏秋冬来热诚地唠嗑、交流，抓住一个个瞬间爆发出的灵思，抒发出内心深处的累珠妙曲。他在“小镇的秋”里写道：“静静伫立在小镇的深秋，自己仿佛便是一只闲散的野鹤，不必匆匆寻找回家的路，心如一池秋水，身似不系之舟，在秋色的晕染中化作一丝晚霞，空灵着小镇秋的意象，于无意中让看风景的人细细地品读。”他把自己写成了闲散的野鹤，放在小镇的深秋里，视秋为生命，崇尚秋的至高精神境界，深情地歌唱生命。

板浦和山水，在吕秀彬心目中成了他的贵人，好像一辈子有约似的，手挽手，谁也离不开谁。板浦和山水，因吕秀彬的疼爱，展现了一个崭新的生命，不媚俗，不傲气，弥漫着高贵的气质。吕秀彬把板浦和山水高举在头上，他也就成了自己的贵人，心灵纯真、优雅，抵达崇尚的境界。

吕秀彬得有板浦和板浦的云水，得有一方宁静，得有一处远方，足矣！他心里活着小镇的沧桑、繁华，胳肢窝夹着从深巷里写出来的书，脚踩着李汝珍走过光滑的青石板路，总是跨着大步去见有约的一草一木，坐下来，热情地唠嗑。他勤奋、爱思考，拒绝平庸与俗气，不屑懒散与懈怠，只要小镇的草木在成长，炊烟在飘荡，就会不停地写下去。他知道，板浦虽小，却是写不完的……

岁月流韵——二十四节气之歌

二十四节气是在长期生活实践中总结农业生产与太阳、气象间的关系所创造的独特历法。

早在春秋战国时期，我们祖先就已经能用土圭来测量正午太阳影子的长短，以确定冬至、夏至、春分、秋分四个节气。一年中，土圭在正午时分影子最短的一天为夏至，最长的一天为冬至，影子长度适中的为春分或秋分。

随着农耕工具的普遍应用，耕地面积不断扩大，农事活动也变得日益精细复杂，为此，先辈们结合了从观察月相确定的一年为十二个月的内容，将二十四节气逐步完善。二十四节气是我国独创，也是世界天文史上的一个重要发现。直到今天，它对农业生产仍具有指导作用。

立春：献岁春犹浅，瓦雪半消残

农历二十四节气，是自然与人文民族文化的经典。上取天道，下法自然，中遵人事，把一年的春夏秋冬，阴阳盛衰，于时令的斗转星移中，周而复始，蕴藉着诸多岁月的况味。

立春，一年光阴伊始，二十四节气之首，披一身浓浓的年味，踏着初融的冰雪，于梅花飘香的疏影中，步履款款，悄然而来。

立春是内敛的，她不喜欢把春讯沸沸扬扬地张扬，春色浓墨重彩地渲染。藏于遥看近却无的草色里，融于滋润如酥的小雨中。牧童的短笛，还没有把风筝吹向天空，杨柳风仅仅露出淡黄的底蕴，杏花雨于冽冽的冰雨中做着开花的梦……“献岁春犹浅，园林未尽开。雪和新雨落，风带旧寒来。”

可是，春天毕竟是来了。冰河解冻 ，绿水参差；梅花怒放，香气盈盈；瓦雪消残，玉条半挂。“尽日寻春不见春，芒鞋踏破岭头云。归来偶把梅花嗅，春在枝头已十分。”

“大象无形，大音希声，大道至简。”世间有许多的美好，许多的希望，譬如春天，往往于幽微的细节中，传递着生命的温度。

“一年之计在于春。”万物苏萌，山水已醒，岁首又至，农人谋耕。

经过一冬的生息，耕牛们憋足了劲，眼前黑黝黝的土地，依稀送来青草的气息，那清爽甘洌的味道，是耕牛们幸福的期待。

“停杯不饮待春来，和气先春动六街。生菜乍挑宜卷饼，罗幡旋剪称联钗。”立春的节气是属于姑娘们的，尽管料峭春寒，她们还是像蝴蝶一样，飞向原野。初生的野菜们用枯草做盖头，好像和姑娘们捉着迷藏，可鲜鲜的味道，青青的模样，早已显露了芳踪。野菜们会被姑娘带回家，做成春卷，成为迎接春神的第一道佳肴。姑娘们还会裁剪出好多好多的幡胜，把自己打扮得花枝招展，因为她们相信，春神喜欢俊俏的姑娘，漂亮会给新年带来如意吉祥。

“不须迎向东郊去，春在千门万户中。”立春的日子里，万物生机勃勃，欣欣向荣；人们还沉浸在春节的喜庆中。没有哪一个节气比立春更喜气盈盈，更充满着希望。虽然偶有风霜雨雪的肆虐，疫情苦难的侵扰，但春天来了，鸟语花香，莺歌燕舞的日子还会远吗？

雨水：飘落在鲜鲜的春天

“天街小雨润如酥，草色遥看近却无。最是一年春好处，绝胜烟柳满皇都。”应该是雨水的节气，小雨晶莹地飘落，滑滑的，甜甜的，润润的，似酥酒初熟；冬眠的小草，好像酒醉初醒，惺惺然张开眼，在凉凉的细雨浸润下，展露浅浅的绿意。

人们爱春，爱春的桃红柳绿，爱春的莺歌燕舞，那种春暖花开的妩媚与温情，是很多人最美的向往。

可是，初春雨水的节气，在一千多年前那位“唐宋八大家之首”看来，却是春最好的所在。那丝丝缕缕的缠绵，那滋润如酥的甘滑，那沾衣欲湿的内敛，比起柳絮飘雪，柳烟锁雾的盛春来，暧昧更入心，韵味更隽永。

雨水洁净着岁月的铅华。农历正月，烟火最盛最浓。春节的喜庆与热闹，人们的欢聚与祥和，总是和鞭炮的震耳欲聋，烟花的眼花缭乱，烟尘的弥漫飞扬相依相随。在车水马龙熙熙攘攘的鼎沸声中，春节年味肆意地膨胀着，消费污染疯狂地蔓延着，生态失衡触目惊心地发酵着，人类与自然，在春节浓墨重彩的渲染中，正越来越失去自身的本性与纯净。

好雨知时节，当春乃发生。一夜凉雨，澄澈了天地，洗去了浮躁，回归了初心。仿佛醍醐灌顶，洁净着空气，也洁净着人们的心灵。

雨水孕育着新年的希望。希望从浅绿的草色中慢慢舒展开来。“七九河开，八九燕来，九九加一九，耕牛遍地走。”在冷冷的雨声里，东风送暖，冰雪消融。潺潺的流水，边轻唱着初春欢快的旋律，边曼舞着款款流入麦田。“雨水有雨庄稼好，大春小春一片宝。”春风化雨，湿润的气流带回了归家的紫燕，呢喃地在农家的庭院里安窝筑巢。经过一冬的生息，耕牛们憋足了劲，眼前黑黝黝的土地，依稀送来青草的气息，那清爽甘洌的味道，是耕牛们幸福的期待。

而九九艳阳天，是少男少女烂漫的节日。清清的雨水，青青的柳枝，轻轻的鸟啼，一起为多情的人们，设计一个温馨的背景，那淡淡绿意点缀着的草色，绵延到天涯，仿佛见证着相爱的人绵绵无尽的深情。

雨水温馨着人情的美好。你看，在摇曳着水晶帘幕的路上，谁家的一对新人，正欢笑着走在细密的雨帘中。雨水打湿了新娘的笑靥，仿佛初绽着的迎春花沾着晶莹的水珠。新郎背着藤椅，一丈二尺余长的红色飘带，一头牵着椅背，一头在轻风细雨中跃动，好像一簇红色的火苗。这种雨水节气里“接寿”的风俗，是新婚的女儿带着夫婿回家省亲，飘拂的红色长带，是献给父母最美的礼品，寄予着长命百岁的祝福和新年红红火火的希冀。父母则回赠新人一把美丽的花伞，祈望在岁月的风雨里，为孩子撑一方蓝莹莹晴朗朗风和日丽的天空。

一夜和风落万丝，霁光浮瓦碧参差。细雨湿衣看不见，浅草出土着新衣。细雨无声，喜雨多情。捧一掬清亮亮甜滋滋的春雨，拥抱一个喜盈盈新崭崭的春天。

惊蛰：生命最美的涅槃

“一声惊雷万蛰醒，忽去温巢动离情。红尘陌上风烟重，涅槃重生踏春行。”历练着隆冬的酷寒，承受着黑暗的煎熬，舔舐着孤寂的伤痛，随着彤云深处隐隐的雷鸣，那些蛰伏的生灵们，在仲春，终于涅槃了新的生命。

她们，有的蜕变为翩翩的蝴蝶，在花丛柳丝中结对缠绵，似乎在演绎着那段千年爱情的凄美；有的出落成憨憨的青蛙，独坐池塘，养神柳下，“春来我不先开口，哪个虫儿敢作声！”有的卑微依旧，一虫、一蝉、一蛾……却热热闹闹地忙碌着，在春和景明的韶光里，经营着自己生命的欢乐。

于是，斑斓的色彩，翩跹的丽影，轻盈的婆娑，缤纷出一个有声有色的烟花三月。

多么惊艳的生命奇迹！多么美丽的生命涅槃！

为了这生命的春天，在寒凝大地的日子里，生灵们蛰居地下，黑暗漫漫，饥肠辘辘，度日迟迟，身枯心槁，却无比坚强地做生命的坚守。每一丝细微的天籁，都是她们执着春天的歌谣；每一缕微弱的光线，都是她们热爱生命的阳光。

“子规夜半犹啼血，不信东风唤不回。”信心，坚守，让蛰伏的生灵凤凰涅槃，诞生神奇的生命，装点菁菁的自然，美丽勃勃的春光。

趟过四季的轮回，有春花秋月的美好，也有山寒水瘦的萧瑟。当人生的途中“云横秦岭”，“雪拥蓝关”，我们能否如小小的昆虫，做生命无畏的坚守？

故天将降大任于斯人，必先苦其心志，劳其筋骨，饿其体肤，空乏其身。有志者事竟成，破釜沉舟，百二秦关终属楚；苦心人天不负，卧薪尝胆，三千越甲可吞吴。

信念不落，执着坚忍，蛰伏于冬，却做着春天绿油油的梦想，静候春雷第一声，凤凰定会涅槃，破茧终将成蝶。

然而，并不是所有的昆虫都喜欢冬眠，毕竟，三个月寂寞黑暗的等待，足以压碎它们脆弱的筋骨，绝望它们生的渺茫的欲念。于是，当大雪纷飞，万花纷谢，苍蝇的尸体，不总是杂然横陈吗？

因此，当暴风雪骤然肆虐着我们的人生，也是在洗礼着我们的精神。“梅花欢喜漫天雪，冻死苍蝇未足奇。”在岁月的坎坷中有颓然倒下，一蹶不振的苍蝇般的懦弱，更多的是迎寒斗雪，盎然怒放的梅花一样的坚强。

春分：莺飞草长春期半

风雷送暖入中春，桃柳着装日日新。赤道金阳直射面，白天黑夜两均分。与“立春”隔了一件桃红柳绿的夹袄，便疏离了倒春寒的凄冷；与浅夏离了两层被叫作“清明”与“谷雨”的篱落，便是莺飞草长的“春分”。

“春分者，阴阳相半也，故昼夜均而寒暑平。”冬日苦短，寒夜漫漫，在刺肤砭骨的凛冽中，阳光的和暖，白昼的明媚，是人们拳拳的等待；而溽暑烈日迟迟的炙烤，高温腾腾地飞升，又让人们对夏夜，滋生许多殷殷的祈盼。

春分却好：昼夜均匀，不偏不倚。仿佛是司法自然的天平，和谐而合度。折中，公允，调和，致中和，合内外之道。

这个时节，紫燕从南方翩然归来，燕尾临风一剪，便将春天一分两半。早春，梅柳春江初渡，云霞出海已曙。杏花雨滋润着如酥的春野，杨柳风吹来惊蛰的微响。冰雪渐融，农事初开，一幅春景美卷，正徐徐铺展。

清明雨一落，春天便晚了，青杏如珠，柳絮飘雪，麦苗拔节着绿油油的生机，新茶翠碧着清爽爽的馨香。谷雨如一池油彩，染绿了水村山郭，千里莺啼。

而仲春里的“春分”，一肩笼着漠漠的轻寒，一肩挑着翠翠的浓艳，舒卷有致，顾盼生辉。一年好景君须记，最是莺飞草长时。

春色萌芽，春光渐盛，春景深深，春分的承前启后，不疾不徐，才完美了春天的良辰美景；同样，世事人情也是这样：不愠不火，张弛有度。

追求满月清辉的朗照，也流连新月如眉的婉仪；憧憬盛春的姹紫嫣红，也沉醉“草色遥看”的淡墨清浅；向往太平盛世的鸟语花香，也要面对黑云压城的凄风苦雨。

花的最美，是欲开还休时的花色相宜；酒的最好，是似醉非醉时的知己交欢。“淡妆浓抹总相宜”如西子，是中庸之于修为的最高境界。

清明：清风明月共此生

“一夜桃花落万丝，春风化雨万物滋。轻尘浥尽江山丽，天清气朗天地新。”

春夜喜雨，葳蕤了欣欣向荣的繁茂，浓艳了万紫千红的春色，也明丽了一方山明水秀的清新。

明月皎皎，清风浩浩。扯一缕清风入怀，澄澈心宇；揽一抹月色盈袖，岁月芳华。让清风明月，成为生命的风景线上，最飘逸的风姿，最灵动的色彩。

清风明月与共，有重义轻名的君子之风。

在重耳亡命天涯的落魄中，天色已暮，行路已穷。饥肠辘辘，气息奄奄。危难时刻，臣子介子推端来了一碗香喷喷热腾腾浓稠稠的肉汤，它拯救了晋公子，也拯救了他复国的梦想。这肉，可是介子推从自己腿上剜割下来的血淋淋的肉呀！晋文公分封群臣的时候，却忘记了往昔的救命恩人。介子推不争，不吵更不闹，而是背着老母隐居绵山，在他看来，重义为立身之本，虚名乃过眼云烟。他和母亲在熊熊的大火中涅槃，却为文公留下一封滴血凝泪的绝命书：“割肉奉君尽丹心，但愿主公常清明。”

清明如初，春风依旧。绵山脚下的那抔黄土，也在皓皓明月的朗照中，定格为民族精神的皈依。

清风明月与共，有重节轻利的高士之举。

“沧浪之水清兮，可以濯我缨。”懿德如月，照耀亘古；清风如水，流过千年。或群居幽篁，偃仰啸歌，冥然兀坐；或采菊东篱，颓然独醉，悠然南山。一阕《广陵散》，沉醉了唐风宋雨；一缕菊花香，浸染了剑胆琴心。

因为怀瑾握玉，长路漫漫，却将上下求索；铁骨铮铮，不为五斗米折腰；丹心一片，热血谱就《正气歌》；横刀大笑，留取肝胆两昆仑。

鱼我所欲，熊掌也我所欲，二者不可得兼，舍鱼而取熊掌；节也我所欲，利也我所欲，二者不可得兼，舍薄利而取高节。

清风明月与共，有重道轻仕的隐者之节。

举世混浊，众人皆醉，独清独醒，有高处不胜寒的孤寂，有拔剑四顾心茫然的落寞。欲渡黄河，冰凌塞川；想登太行，大雪封山，琴弦拨断，知音渺渺；秋水望穿，佳人难觅。那么，就明朝散发弄扁舟吧！

纵一苇之所如，凌万顷之茫然。从流飘荡，任意东西。眠于芦花被下，醒时晓风残月。清风吹过，耳得之为声；月光洒落，目遇之成色。红尘喧嚣，我修篱于心，种菊于德。一椽茅屋，一杯香茗，一壶老酒，一把竖琴，一脉书香。“桃李春风一杯酒，江湖风雨十年灯。”栖于桃花源，游在云水间。

“陌上休道起风尘，素心安处即春深。浮名薄利随云散，清风明月共此生。”寄情风月，我心永恒。

谷雨：人间最美四月天

“雨频霜断气清和，柳绿茶香燕弄梭。布谷啼播春暮日，栽插种管事诸多。”

清明的雨，洗去了桃红，淘尽了李白，染绿了芳草。随着布谷声声，在天地间清亮亮地啼唱，谷雨，便在花丛柳丝间，浅笑盈盈，盛装而来。

“草树知春不久归，百般红紫斗芳菲。”阑珊的春意，却绚烂着暮春的葱茏：天清气朗，绿柳依依，紫燕呢喃，花团锦簇……好一派芬芳的四月，好一幅人间最美的画卷。

牡丹花开，国色天香，绚丽了花样的年华。

“谷雨三朝看牡丹。”她丰腴的花姿，富丽的花容，馥郁的花香，晕染着花样年华，倾倒了帝王贵妃，惊艳了半个盛唐。牡丹花开，就开得热热闹闹，磊磊落落，大红大紫；就怒放成睥睨群芳，傲然独行的“百花之首”，就出落成如贵妃一样的国色天香。

蘸着谷雨的晶莹，吮着谷雨的清新，于四月最美的时光，牡丹恣意地开着。盛开着富贵，盛开着祥和。“红艳袅烟疑欲语，素华映月只闻香。”自古欣赏牡丹的文人雅士们，或于晨曦晚霞的掩映中，引觞沉吟，看花容如面，对坐心语。或于融融月色的清辉里，花间一壶酒，对饮成三人。月也皎皎，花也娇娇；月也盈盈，花也荧荧。

“唯有牡丹真国色，花开时节动京城。”牡丹花香，沉醉了唐风宋雨；牡丹情结，已经深深根植于汉文化的血脉中。

新茶芽萌，翠绿鲜柔，芬芳了葱茏的青春。

“最爱晚凉佳客至，一壶新茗泡松萝。正好清明连谷雨，一杯香茗坐其间。”

谷雨气候温和，雨量丰沛，茶树经过半年冬季的休养生息，春梢芽叶肥硕，色泽翠绿，叶质柔软，滋味鲜活，香气怡人。谷雨时节采制的春茶也谓谷雨茶，与清明茶同为茶中佳品。

唐代吕温有《三月三日茶宴序》：“卧借青霭，坐攀花枝，闻莺近席而未飞，红蕊拂衣而不散。”手中之茶“琥珀之色，不令人醉，微觉清思；虽雨露仙浆，无复加也”。

丽人春行，倩影婀娜，人面如花，绰约了四月最美的芳华。姑娘们轻撩裙裾，席地而坐，野外茶宴，别有雅趣。脚下，芳草柔柔，铺展着绿色的地毯；头上，一树花开，点点落红婆娑着飘香的清风；杯底的青青子衿，带着阳春白雪的清冷禅意，安静而深沉，温和而清雅。在袅袅浮动的暗香里，品味至清至洁的谷雨茶，体悟至灵至静的谷雨心。

流连谷雨，流连渐行渐远春天的背影；依恋谷雨，依恋人间最美四月天。把谷雨的人事轻轻折叠，挥一挥手，向春天做温婉的告别，款款走向浅浅的夏。

立夏：浅浅的夏

与春隔了一件桃红柳绿的夹袄，便疏离了倒春寒的凄冷；与夏离了两层被叫作“小满”与“芒种”的篱落，便是浅浅的夏。她依依地偎依着叶翠绿嫩的滋润，风清月霁的晴柔，事谐人和的恬适，把最惬意最温和最清浅的时光，点缀着叫作“立夏”这个风情万种的明媚。

仿佛轻轻地一掐，那片掩映着天光的叶子，便汩汩地流淌着鲜活的汁液。摇曳在这个时令的绿色，像蛋清一样，柔嫩着青春的心事。横斜的叶脉疏落有致，一撇一捺间，草书着岁月的诗行。

浅绿、淡绿、浓绿、墨绿……季候风像一位魔术师，变幻着叶子绿的色彩。蝴蝶们翩跹其间，鲜艳与灵动，便婆娑成一幅明艳的画。

叶底的青蛙们，家族还显得有些冷落。偶尔几声蛙鸣，让这抹闲散的光景，显得更加清静而落寞。也许要等到水蛙、树蛙的合奏，才会演绎出蛙声如潮的盛夏。

杨树的种子，像一条条青色的虫子，婆娑在斑驳的树荫间，惹得公鸡母鸡们馋涎欲滴。她们振翅跳跃着，都想在第一时间，享受“青虫”的美味；可最终失落的模样，总让人忍俊不禁。

河里的青荇，柔柔地在碧波里招摇，清清的河水，便荡漾起浅浅的波纹。鱼儿们从容地游翔，仿佛在享受着生活的静美。而或哪条不安分的锦鲤纵身一跃，飞溅的雪浪花，便惊起在苇丛里栖息的野鸭，她们亮出翅膀，扑棱棱地隐没在落霞的粉红中……

陌上花开，灿烂铺满一地，缤纷的色彩，让淡黄的麦田，束起条条彩色的腰带。野花恣意地点缀着，如星星，如明珠，如眼睛……野草莓已经成熟，泛着鲜鲜的红晕，那种深深的羞赧，好像被野花们簇拥，是一场很不好意思的艳遇。

褪下春装，姑娘们换上细碎的花裙，撑一把油纸伞，笑语盈盈，暗香款款，那跌落在酒窝里的淡淡的笑靥，便醉了写意着烟雨的江南。

于蔷薇架下，品一壶香茗，细数着花隙间漏下的斑驳的光影，便觉得静谧而深沉，温婉而雅致。微风吹过，花香缕缕，不是沁入衣袂，而是浸染心底。

孩子们追逐着柳花，嬉闹着，欢笑着。纯净的童趣，仿佛是一阕天籁，晕染着绵绵柔柔的初夏。

蓝蓝的夜，有花开的絮语，有夜莺的啼唱，氤氲着光阴的故事；锦簇的花海，像一围温馨的摇篮，摇晃着绿的葱茏，安眠着夏的沉醉。

轻轻地走进浅浅的夏，小心捡拾着美好，翼翼地，不落下一片云彩。

小满：麦香小满，岁月丰满

当虞美人浅淡的花色举起玲珑的金钟，当木香花撒满一地洁白的芬芳，布谷鸟，便扯起清亮亮的嗓子，在欲滴的葱茏中，啼唤着“小满”的归来。于是，黄澄澄的麦浪便滚涌着白花花的阳光，清淡淡的麦香氤氲着蓝莹莹的碧空。

“小满天逐热，温风沐麦圆。”艳阳、暖风、雨水，催促着小麦拔节，抽穗，扬花，结籽。日渐鼓胀的麦穗里，麦浆发酵着香甜的滋味。“小满三日望麦黄，小满十日满地黄。”小满，便浸染在生命灌浆的麦香里。

农人们虔诚着麦田的守望，层层金黄的麦浪，缕缕馥郁的麦香，声声布谷的啼唱，连同深深的丰收的喜悦，像蜜饯一样，在麦香村汩汩地流淌，沉醉了红红的五月。

麦浪滚滚，麦香沉沉，南风吹过，送来孩子们银铃般脆脆的笑语，洒落在地上，暖暖的，如跌落一地的阳光的明媚。他们取几片麦叶，折叠成哨，布谷鸟便有了应和的知音；采几朵野花，装扮成蝶，阡陌上就多了几分缤纷与灵动。像一只只叽叽喳喳的小鸟，孩子们自由奔跑，恣意游戏，尽情享受着如麦香一样清纯的童真的美好。

麦浪从青到黄，麦香从淡到浓，麦子收割了一茬又一茬；孩子从小到大，晓事从少到多。学校犹如麦田，孩子们徜徉其间，像追逐着蝴蝶一样追逐着自己的梦想；像采摘着野花一样采摘着知识的绚烂；像麦穗灌浆一样，在智慧的阳光照耀下，成熟着自己的思想。然后，在求学“小满”的季节，抽穗，扬花，结籽，于麦香浓郁中完成学业的涅槃。

其实，社会也是一块麦田，芸芸众生，便是嬉闹其间的孩子。为了这片麦香村清纯着自己的清纯，美丽着自己的美丽；为了这里的孩子欢乐着自己的欢乐，幸福着自己的幸福，于吹风麦浪的旖旎里，期待着把自己站立成真善美的雕像。

正如丰硕的麦穗，总是低下金黄的头颅，越是成就人生的辉煌者，越懂得矜持、内敛、谦逊。因为他们参透了生活的内涵，晓悟了做人的品质。不管自身多么伟大，在岁月的长河中，仅仅是沧海一粟；不管业绩多么丰饶，仅仅是事业的“小满”。生命有涯，追求无止境；卓越无限，奋斗永远在路上。

尽情挥洒生命灌浆的小满，去收获充盈、祥和、美好的人生的丰满。

芒种：众芳摇落煮新梅

“有芒的麦子快收，有芒的稻子可种。”芒种，该是二十四节气中最忙碌、最富农事、最凝结着稼穑艰辛的日子了。

待金灿灿的麦子已经归仓，嫩汪汪的稻苗绿满水田，一场黄梅的雨，便绵绵柔柔地落下来，把芒种，隐约在蒙蒙的丝丝烟雨中。

似乎已然觉知溽暑的炙烤迫在眉睫，众芳摇落，花事日减，花神们褪去浅夏的百媚千红，零落而去；天地之间，唯余茫茫苍苍的绿的葱茏。

人们怀念开花的美好，因为灿烂的花开，总会牵连着丝丝缕缕的人事，“一片叶间见世界，半瓣花上说人情”。你看，那一簇簇姹紫嫣红的花蕾，雀跃花枝，含苞待放的，多像一张张低眉羞赧的面庞；粲然盛开的，又恰似粉面含春的笑靥。良辰美景，赏心乐事，花香馥郁的青春，诗情款款，画意浓浓，花正好，月正圆。

因而，当花神悄然离去，牵惹着红楼儿女多少郁结的衷肠。“那些女孩子们，或用花瓣柳枝编成轿马的，或用绫锦纱罗叠成旌尾执事的，都用彩线系了。每一棵树上，每一枝花上，都系了这些物事。满园里绣带飘飘，花枝招展……”

而大观园一隅，黛玉在荷锄葬花。看香满蹊径之残，“花谢花飞花满天，红消香断有谁怜？”叹寄人篱下之悲，“一年三百六十日，风刀霜剑严相逼”，抒冰清玉洁之志，“质本洁来还洁去，强于污淖陷渠沟”。那一地落英，满冢残红，仿佛是红楼梦影中一颗颗凋零的心。

也许是芒种的节气里梅子酸味太浓，那些萦绕在她青枝绿叶间的云气，总被熏染得泪水涟涟，倾洒绵绵。这不，一场黄梅的雨，又把烟雨迷蒙的江南，缠绵成恍惚迷离的水墨的画。梅子满枝，被雨洗过的翠叶掩映成青青的模样。一个个青梅的故事，结满岁月的过往。“郎骑竹马来，绕床弄青梅”，是两小无猜萌萌的纯情；“和羞走，倚门回首，却把青梅嗅”，门楣间溢满少女的娇羞；而青梅煮酒其乐融融中的刀光剑影，把三国时二位英雄的斗智斗勇渲染得荡气回肠。长歌当啸，豪气冲天，指点群雄的潇洒，依人门下，一味谦恭，装弱卖傻的隐忍，恰如盘中青梅，涩涩中有更深的耐人咀嚼的况味。

众芳摇落里，青梅煮酒间。芒种，把时事的风云变幻，人间的喜怒哀乐，正深情地演绎……

夏至：憩一方心灵的清凉

一入夏至，太阳便扯下温情脉脉的面纱，变成一只喷着热浪的火球，热辣辣地炙烤着大地，燥热、浊汗、烦闷……好像打开了潘多拉的盒子，这些高温的魑魅，肆意蹂躏着人们的身心，昨天春和景明的晴柔，仿佛一夜间落入炼狱的苦难。

让我们一起，寻一处光阴的静好，憩一方心灵的清凉。

择一席榆荫，于一个晴好的晌午，让身心沐浴一次浓绿的浸染。或品一杯香茗，或读一卷诗书，或弄几声丝竹……跌落一地的斑驳的碎影，是杯底轻泛的丝丝缕缕，诗行里漾起的平平仄仄，还是琴弦间跳跃的五线曲谱？

风过处，荷香盈袖。莲叶接天，掩映着翠碧的晴光；荷花映日，红红的，如姑娘羞赧的笑靥。几只白鹭，栖息叶畔，点点纯粹的白色，仿佛是一袭素衣的凌波仙子。

几声莺啼，柔柔的，从树梢滑落，飘进荷塘，便漾起一层清清浅浅的波……

夏至的夜晚，总被如水的月光浸满。约二三好友，携一壶老酒，于临水的茅舍，品酒听蛙，也是清幽的佳处。

也许是对蛰居广寒宫里那只蟾蜍的膜拜吧，随着月亮的升起，月光的丰盈，蛙声便格外响亮起来。咕——嘎，咕——嘎……青蛙们仰首望月，四足跪拜，虔诚地拉起夏夜的协奏。忽高忽低，忽疾忽徐，忽止忽续……在月光的漂浮间，澎湃着情深义重的蛙声的潮。

倾听这人间最美的天籁，我的情感，随着蛙声的抑扬而跌宕。人事的沧桑，红尘的纷扰，流年的酸甜苦辣……在这如潮的神曲中醍醐灌顶，连同洇漫着夏夜的这抹月色；蛙声，款款走进岁月的静美。

若是落雨的日子，便戴好箬笠，披上蓑衣，驾一叶扁舟，“浮生偷得半日闲”，在斜风细雨中做一位闲散的渔夫。

密集的雨线，把远山迷蒙成一幅水墨的画，却在船头，织着一朵朵莹莹的花。只需撒几次网，船舱里便满是蹦跳的鱼儿。随意抓几条，让同行的好友煎烧，小船的乌篷里，便弥漫着浓浓的鱼香。

鱼肴已尽，酒杯已空，落在船篷上的雨声，却越来越响。仿佛是催眠的曲子，满船的人已在沉沉的酒意中睡去，任船儿如叶，飘进芦苇的深处……

心安处，夏至，便有满满的清凉。

小暑：漫随诗意觅清欢

“春有百花秋有月，夏有凉风冬有雪，若无闲事挂心头，便是人间好时节。”

盛夏入暑，虽是“小暑”，但凉风已悄然隐去。“小暑大暑，上蒸下煮”：空气中热浪滚涌，烧烤模式已经开启，烈日下大地发烫。人们依着空调蜗居，不得已外出，也是从上到下罩得严严实实，生怕一不小心，被紫外线无情地灼伤。

若是静得下心来，打开一卷诗书，走进古人“小暑”的世界，便会有一种别样的清凉，款款入怀。

别院深深夏席清，石榴开遍透帘明。树荫满地日当午，梦觉流莺时一声。

偷半日闲暇，于深深的庭院中避暑纳凉。树荫满地，凉席一张，正午的烈日如火球一样炽热，那片幽深幽深的浓荫，却撑起一地清爽。沉沉的梦乡中，有石榴花点染一帘明艳，有流莺翠响着声声啼唱。

夏梦谁先觉？枝头鸟最知。深院午睡足，叶上日迟迟。

古人纳凉，树下、荷亭、茅斋、竹林、瓜棚，有琴酒相伴，有松风耳语，有荷风送香。而小暑时节，花木铺径、柳荫掩映的庭院，便成为人们纳凉避暑的福地洞天。

小暑不足畏，深居如退藏。青奴被荐枕，黄奶亦升堂。鸟语竹阴密，雨声荷叶香。晚凉无一事，步屧到西厢。

在缺少现代消暑工具的古代，小暑高温来袭，古人自有凉爽身心的妙招：翠竹作枕，玉簟生秋；青灯黄卷，书香盈袖；晴光赏鸟，雨中听荷。深居退藏，枕上诗书闲时好，窗前风景雨来佳，暑气焕烟霞。

“蟋蟀在宇”，是小暑三侯之一。《诗经·七月》里这样描写蟋蟀：“七月在野，八月在宇，九月在户，十月蟋蟀入我床下。”文中所说的八月，即是夏历的六月，恰逢小暑。唧唧复唧唧，蟋蟀是夏夜永恒的歌者，那一声声时疾时徐，时高时低，时断时续的清唱，给燥热的日子里，注入一泓清凉。大人们把蟋蟀捉进麦秆编织的八角笼子里，挂在床头，枕着蛩音入眠；孩子们却睡不着，挑灯篱落，用心搜寻。每一声蟋蟀的低吟，都是萌萌童心中的一支神曲，让小暑的夜晚，神奇、静谧而幽远。

“萤火虫，提灯笼，飞到西来飞到东，晚上飞到家门口，宝宝回家它来送。”小暑时节，是萤火虫活跃的最盛。古往今来，吟诵萤火虫的诗词甚多，而以唐朝徐夤的《萤》诗韵味最足，诗曰：“月坠西楼夜影空，透帘穿幕达房栊。流光堪在珠玑列，为火不生榆柳中。一一照通黄卷字，轻轻化出绿芜丛。欲知应候何时节，六月初迎大暑风。”那点点如珠玑一样的流光，囊萤照读，点亮了多少双流连书香的眼眸。

蛙声起了，萤火虫就三三两两，或前或后，提着绿幽幽的灯笼，池塘边、树林里、稻田中……悄悄地逡巡着。斑斓的星辉倒影在镜面一样的水中，水面上游弋的萤火虫，似乎找到了新的朋友，便熙熙攘攘地聚拢过来，仿佛要举行一场隆重的水上相亲的盛会。

何以消烦暑，端坐一院中。眼前无长物，窗下有清风。散热有心静，凉生为室空。此时身自保，难更与人同。

再读香山居士的《消暑》，已然没有炎炎酷热，只有飒飒清风，丝丝凉意，盈盈地缭绕。

其实，二十四个节气，就是二十四个美丽的诗行，或明媚，或清婉，或热烈，或冷峻……尽管内涵不同，风格迥异，但只要细心地品读，总有一脉流韵万千气象在其中……

大暑：赤日几时过，清风无处寻

一台精彩的大剧，总是把情节的高潮，激荡于阑珊的尾声，这样的剧情，才摇曳多姿，如豹振尾，顿生惊艳。

就如漫漫长夏，从立夏伊始，阳光渐进地增加着日照的温度，不断向她的邻居地球，递送着能量，传播着热情，终于在夏的最后一个节气，“大暑”，把热烈渲染到了极致。

热情一旦过分，往往变成一种折磨。你看田野里的庄稼，枝干上的树叶，庭院中的藤蔓……一切生命的绿色，似乎被烘干了体内的汁液，如失血过多的病人，耷拉着脑袋，软蔫蔫，惨兮兮，似乎落一点火花，就能点着一样：“赤日炎炎似火烧，野田禾稻半枯焦。”

但只要太阳掩于云后几个时辰，或者落一阵夏雨，或者度过一个夏夜，塞满夏季的盈盈绿色，便又血脉偾张，绿意葱茏。

因而，农家便有这样的一些谚语：“不热不冷，不成年景”；“六月不热，五谷不结”；“大暑不暑，五谷不鼓”；“人在屋里热得燥，稻在田里哈哈笑”……

自然的物候就是这样，冬寒夏暑，春暖秋凉，关联着万物的萌芽，生长，成熟，收藏。四时八节因天道，一丝一缕总关情。

暑是煮，火气在下，骄阳在上，熏蒸其中为湿热，人如在蒸笼之中。

可是，内心世界丰盈，有生活情趣的人们，总能把大暑的燥热溽湿，活出诗情画意来。

“赤日几时过，清风无处寻。经书聊枕籍，瓜李漫浮沉。兰若静复静，茅茨深又深。炎蒸乃如许，那更惜分阴。”

在缺少现代消暑工具的古代，如何于燥热中寻一份静好，于浓夏中憩一方清凉？

“经书聊枕籍”，于枕畔翻一卷泛黄的经书，神游其中，让书香诗韵晕染自己的身心。于庄子《逍遥游》中，邂逅一位不怕热的姑射仙子，肌肤若冰雪，绰约如处子，乘云气，御飞龙，游乎四海之外。即便金石消熔，大山焦化，也觉清凉如初。

“瓜李漫浮沉”，和曹子建一起，“浮甘瓜于清泉，沉朱李于寒水”。这些消夏的瓜果美蔬，一经冷冷的冰泉浸染，便如今天的冰镇冷饮一样，清冽、甘甜、爽心……直透嗓间六腑，款款凉意，洇漫身心，挥之难去。

再则，就是心安一抹浓荫，隐身林泉之畔。“兰若静复静，茅茨深又深”，于幽幽蝉声中，沉沉花香里，拈花微笑，静习禅定，让浩浩天风斑斑日影，婆娑一片清幽的净土。

其实，这种融身自然，物我两忘的“心静消暑法”，并非宋人茶山居士的独创。先贤们或“独坐幽篁里，弹琴复长啸”，让明月的清辉，洗去满襟浊汗；或“开门小立月明中”，竹深树密听虫鸣；或高卧绿树荫浓之中，楼台池塘之畔，赏水晶帘动，嗅蔷薇花香；或撑一叶扁舟，款款莲池深处，把玩“荷花入暮犹愁热，低面深藏碧伞中”

那种羞涩的美丽……

夏的六幕大剧已经演绎到最后一折——大暑，是收官也是高潮。让我们走进剧情，恣意享受她的热情，热忱，热烈吧。

立秋：玉米香中闹秋忙

“未觉池塘春草梦，阶前梧叶已秋声。”时间如白驹过隙，于日出日落中匆忙着岁月的脚步。

烈日还在炙烤，热风还在肆虐，暑气还在蒸腾；可是，大野里的高粱已是火火地红，玉米已是喷香，篱落间的豆花已是灿灿地开……那些活色生香的景致，确是秋丰收的模样了。

这个时令，苞谷就吐出细长绵柔的玉米须，黄的、白的、黑的、棕色的……把原野里翠碧的青纱帐，晕染成一幅色彩斑斓的雄浑的画。“闹秋”，就在玉米的清香里，沸沸扬扬，风风火火，热热闹闹地展开了。

闹秋，闹就闹个秋天忙忙碌碌的丰收，泼彩流金的写意，返璞归真的童趣，一咬甘蔗的清凉 。

秋闹的起始是“助秋”。玉米甫熟，农人们秋收互助就忙碌起来了。村里的妇女、老人、小孩，手提着竹笼，一排接一排，一株接一株，挨着个儿去掰玉米。一株玉米，往往要掰四次：头茬、二茬、三茬、捞空茬。头茬先掰已经成熟了的玉米穗；未成熟的，二茬、三茬再去掰；最后捞空茬，把剩余的玉米穗，不管老嫩，一齐搬回家中。

接着就是“晒秋”。农人们总喜欢把玉米一身金黄，或全副银装，于炎炎的烈日下暴晒，玉米的香味，便浸染着阳光的味道，洇漫着浅秋最幸福的滋味。那一片片纯粹的金黄，那一垄垄炫目的银白，沐浴着秋阳烈烈的照耀。光芒射处，流金泻玉，呼吸间是沁入心脾的芳香。

篁岭晒秋被文化部评为“最美中国符号”，演变成乡村旅游提升的“图腾”和名片，每年吸引数十万人去篁岭赏秋留影。

馋嘴的孩子们，更在乎欲熟未熟玉米的香甜。他们会把嫩苞谷穗掰下来，在地下挖一孔土窑，留上烟囱，成就一个天然的土灶，然后把嫩苞谷穗放进去，捡拾柴火，加火燃烧。转眼间，一全窑的苞谷业已熟透，丰硕的苞谷宴就在田间举行。孩子们边嚼着玉米棒子，边嬉闹在陌上垄头，欢笑着、奔跑着，轻盈如一只只临风起舞的蝴蝶。

炎炎夏日酷热难熬，时逢立秋，将其咬住，便是“咬秋”了。而“咬秋”的风俗，常常在这样明月清风的秋夜，如宗教一样神秘而庄重地举行。红瓤西瓜、绿瓤香瓜、白生生的红薯、金黄黄的玉米……往往是咬秋的最爱。吮吸着甘甜，人们也在吮吸着秋天丰收的喜悦，吮吸着如秋一样清爽而静谧的岁月。

一叶梧桐一报秋，玉米田里闹丰收。虽非盛夏还伏虎，更有秋光唱不休。

处暑：离离暑云散，袅袅凉风起

今天是2020年8月22日，庚子鼠年七月初四，处暑。

《月令七十二候集解》说："处，止也，暑气至此而止矣。""处"是终止的意思，表示炎热即将过去，暑气将结束。

处暑分为三候："一候鹰乃祭鸟；二候天地始肃；三候禾乃登。"此节气中老鹰开始大量捕猎鸟类；天地间万物开始凋零；"禾乃登"的"禾"指的是黍、稷、稻、粱类农作物的总称，"登"即成熟的意思。

"四时俱可喜，最好新秋时。"待暑气渐退，枕席生凉，自然与人事，便一起沐浴秋光秋色，享受秋收秋韵了。

处暑，可采菱。

处暑前后，菱角结实正旺，女子布衣钗裙，边歌便采，清风徐徐，兰舟微荡，自六朝以来，采菱便成人生之乐事。梁武帝有诗云："江南稚女珠腕绳，桂棹容与歌采菱。"李白也有诗云："菱歌清唱不胜春。"足见采菱唱咏的风气很盛，采菱采莲，似乎是处暑"双璧"。每当新秋，菱角或深绛浅红，或深绿浅碧，漂浮在水面之上，乡间妇女常常泛以菱桶或者兰挠，凌波采摘。凉风拂面，笑语盈盈，荡漾水中，趣味无穷。而湖光钗影，素袂云鬟，参差掩映于夕晖之下，更是摇曳生姿。

处暑，可开渔。

这个节气，禁渔刚刚结束 。海域水温依然偏高，鱼群停留在海域四周，鱼虾肥硕，贝类饱满。从这一天开始，沿海渔民千帆竞发，是收获的最好时光。而一年一度的开渔节，是处暑期间，渔民们举行的最隆重的出海仪式，祈求风正海晏，鱼丰人安。

处暑，迎七夕。

处暑过去三天，便是农历七月初七，“七夕”，民族传统的情人节。“银烛秋光冷画屏，轻罗小扇扑流萤。天街夜色凉如水，卧看牵牛织女星。”七夕的夜晚，于牛郎、织女星辉的照耀里，沉醉了多少双仰望爱情的眼睛。

七夕，渺茫的星海，璀璨的银河，见证着千古爱情的凄美。有情人隔河而望，“盈盈一水间，脉脉不得语”。相思的泪水，伴银河滚滚清流而去；残缺的梦影，依斑斓星辉而留。却于悱恻的情爱中涅槃成别样的惊艳。成千上万只喜鹊 ，翔集在银河之上，舒展墨色的羽翅，绵延成一座温和柔软的“鹊桥”，让七月七日的夜晚，定格为爱情的节日，那流泻于夜空中澎湃的银河，那横贯于银河上多情的鹊桥，那扑闪着迷离的牛郎、织女亮亮的星座，还有他们感动天地，绝唱古今的爱情，莫不是有情人美丽的神往。

处暑，宜静养。

最惬意的深院幽居，是身卧一溪闲云，襟间一椽烟火。篱落间，爬满一簇簇豆花，白的、紫的、红的……如一枚枚斑斓的蝴蝶，灵动着婀娜的柔姿。菜畦里，瓜蔓纵横着，蜿蜒着，葳蕤着，冬瓜、倭瓜、南瓜……愣头愣脑地疯长着，像刚落地的娃娃，憨憨着翠生生的模样。而交错着悬挂在天井中央的丝瓜、吊瓜们，在主人眼前，显摆着她们苗条的身段，带着黄白的花。凉风过处，迢递着淡淡的清香。

晚霞落了，暮霭起了，茅屋中便晕染着鹅黄色的柔光。蟋蟀们就会如潮水一样，清亮亮地合奏起来。或高或低，或急或徐，或歇或起……孩子们就挑着灯笼，忙不迭地捉起蟋蟀来，篱落旁、柴垛间、草丛里，灯火闪闪烁烁，好像夜空中掉落地面的星子。孩子们只想把这些秋夜的歌手请回笼子里，挂在床头，静静地听，让秋夜的天籁，静静地在梦境中洇漫。

虽然有约，客人还是迟迟未至。寂寂人定，已经快夜深了。主人边闲敲着黑白的棋子，边细挑着欲落的灯花。静静处，有妻子轻轻的鼾声，有蟋蟀浅浅的吟唱。

与日月同起同息，似白云忽卷忽舒，原来，处暑是如此静好！

白露：露从今夜白，凉自此时生

今年，9 月 7 日，庚子鼠年农历七月二十日，白露。

《月令七十二候集解》说：“水土湿气凝而为露，秋属金，金色白，白者露之色，而气始寒也。”“白露”润秋，暑气甫消，万物随寒气增长、萧落、熟稔。

“白露秋风夜，一夜凉一夜。”仲秋伊始，枕席生凉，木叶荣极而陨，嘉禾实满而丰。秋光澄澈，秋色金黄。

白露，收清露。明代李时珍的《本草纲目》有记载：“秋露繁时，以盘收取，煎如饴，令人延年不饥。”“百草头上秋露，未晞时收取，愈百病，止消渴，令人身轻不饥，肌肉悦泽。”“百花上露，令人好颜色”。因此，“收清露”，有圣洁的仪式感。

一夜寒蛩低吟浅唱，清晨起来，淡黄的草树上，已经挂满一颗颗莹莹的露珠，圆圆的，润润的，亮亮的，从缀着石榴、柿子、栗子的枝头上滴下来，从挂着扁豆、丝瓜、葡萄的藤蔓上滴下来，从结着稻谷、高粱、玉米的穗子上滴下来。袅袅的晨风轻轻飘过，便撒落一地晶莹。甘露如饴，滴滴皆琼浆 。用心收集，闲来啜饮，也乐秋之雅趣。

白露，饮佳茗。民谚说：“春茶苦，夏茶涩，要喝茶，秋白露。”

凌霄与牵牛花，舒展着她们柔曼的触须，把绯红与深蓝，点缀在瓦沟墙畔。老人在花下品茶。杯中清浅沉浮的，是“白露茶”。老人不喜欢喝“明前茶”，叶子太嫩，茶味太涩了；也不喜欢喝“溽暑茶”，叶子太老，茶味太苦了。只有白露时节采制的新茶，承秋露之浸润，吐日月之精华。茶色可目，茶水入心，茶香盈怀。

白露，起乡思。秋落心海，便生“愁”。北雁南飞，落叶归根，夕阳古道，往往牵惹着漂泊人念亲怀远的愁情。

“海上生明月，天涯共此时。”当月光把露水幻化成千万枚月亮，散落在残荷衰草之间，中秋，便飘然而至了。“露从今夜白，月是故乡明。”此刻，这些泼洒于秋夜的点点晶莹，扑闪着迷离的微光，是离人倾洒的思乡的斑斑血泪，还是零落一地的，相思破碎的心灵？

愿岁月如白露，甘之如饴；愿世相如白露，玲珑清澈；愿人性如白露，润泽中有柔柔的深情。

秋分：风清露冷秋期半

暑退秋澄气转凉，日光夜色两均长。银棉金稻千重秀，丹桂黄菊万里香。

今天是 9 月 22 日，庚子鼠年农历八月初六，秋分。

秋分有三候："一候雷始收声；二候蛰虫坯户；三候水始涸。"凉气已浓，云薄雷去；秋夜生寒，蛰虫隐宇；雨势日减，潦水渐尽。

秋分，宜养生。

"秋分者，阴阳相半也，故昼夜均而寒暑平。"白昼与夜晚，被阳光的切割线均匀地一分为二，气温调和，冷暖相宜，是宜居怡情，养生颐性最美好的时光。

秋意渐深，草木渐凋。"渥然丹者为槁木，黟然黑者为星星。"于是，许多人总是习惯于"秋补"的祖训。这个时令，果儿满枝，瓜儿飘香，莲藕结子，稻菽盈怀……大自然总是用最丰硕最甜美最开胃的馈赠，让苦夏中辛勤劳作的人们，恣情畅飨着秋的美味。而瓜蔬的清润，也会让现代生活中营养过剩的人们，作肠胃荤素中和，阴阳平衡，秋补出硬朗朗壮实实康健健的身子。

秋分，宜郊游。

这个时令，天高云淡，凉风如水，大地飘香，是游目骋怀，极视听之娱的最美时光。霜叶染秋，翠微红遍；柿子满枝，灿若云锦。火红，滚涌着秋的激情稻菽流金，菊花满地；银杏吐黄，落木成冢。金黄，点染着秋的高贵。一抹白色，是一地泼洒的朝露，晕满天际的月色，随风摇曳的芦花，凌空飞起的白鹭，还有轻盈悠闲的云朵……还有水天一色的清澈，暮霭盈袖的淡蓝，缀满竹篱一串串紫色的晶莹……

陌上的风筝多起来了，扶摇着云卷云舒。秋分当天，许多地方也有放风筝的传统。王字风筝，鲢鱼风筝，眯蛾风筝，雷公虫风筝，月儿光风筝……把蔚蓝的天幕，点缀成五彩缤纷的世界。秋风吹过，风筝把斑斓的童趣，放得老高。

秋分，忙祭月。

今人祭月，是在中秋佳节月圆之夜；古人祭月，则在新月如钩的秋分之日。“秋暮夕月”的“夕月”，就是祭拜月神。先人们虔诚地拜着月亮，一串串紫皮葡萄、一瓣瓣红瓤西瓜、一盘盘剥好的白色的菱角……还有桂花馅子的月饼，琳琅地摆满桌面，萦绕着渺渺的香气，啜饮着莹莹的秋露，晕染着淡淡的月光。

好像一弯新月的牙儿，秋分剪出了一个清凛凛的晚秋。啜饮着清露的寒蛩们，总是在凉风如水的秋夜，婉约地轻唱。这一串串绵延在黄叶中的天籁，似乎在传递着阳气渐消，阴冷渐重的消息。是啊，昨夜寒露已浓，今朝落花成冢。不必荷锄种残花，但挥银镰收金秋。

寒露：秋深露重晓寒轻

天高昼热夜来凉，草木萧疏梧落黄。日享菊香播小麦，夜喝梨贝养脾肠。

今天是 10 月 8 日，庚子鼠年农历八月二十二日，寒露。

元·吴澄《月令七十二候集解》说："九月节，露气寒冷，将凝结也。""寒露"之后，热气消退，清露初寒，草木褪去了血脉偾张的葱茏，收敛着静谧幽远的清香，岁月凝肃，草木摇落。

寒露有三候："一候鸿雁来宾；二候雀入大水为蛤；三候菊有黄华。"雁阵惊寒，声断衡阳之浦；雀鸟隐匿，化入沧海为蛤；菊花香冷，蕊寒东篱之畔。

寒露，应添衣。

《诗经·豳风》："七月流火，九月授衣。"这里说的九月是农历九月，也就是公历十月，此时天气转凉，应该及时添加衣物，谨防感冒。

九月又称授衣月，古代有授衣假，大家回家看妇人新织的布，一家大小量身置冬衣。光阴的流转，亲人的牵挂，家常的温暖，都在长长短短的衣衫之间。

民国教科书这样教孩子："竹几上，有针，有线，有尺，有剪刀。

我母亲，坐几前，取针穿线，为我缝衣。”慈母手中线，子女身上衣。寒来密密缝，欲织暖暖春。

寒露，多滋润。

古人云：“秋之燥，宜食麻以润燥。”金秋时节，燥邪之物非常容易损伤肺气，如果调养不当，会导致咽干、鼻燥、咳嗽等一系列的症状，所以，秋季一定要注意滋阴润燥，多食水果，多喝粥饭，多饮花茶。

寒露过后昼短夜长，自然界中“阳气”渐敛，此时便是人们保养阳气之时，起居时间也应当做相应调整。早睡可顺应阳气收敛，早起可使肺气得以舒展。体弱的老人早晚锻炼要注意添加衣物，或者尽量避免户外运动，改为室内锻炼最佳。

寒露，宜赏菊。

天地万物皆负阴而抱阳，草木多在阳气渐盛时发芽抽枝、结蕾开花，只有菊花蕊寒香冷，凌寒怒放。“落花无言，人淡如菊”，自是一种绝美的境界。

菊花性微寒，味甘苦，以菊花酿酒，泡茶，散风清热，平肝明目。寒露的日子，人们总喜欢泡一杯热热的菊花茶，煮一壶酽酽的菊花酒，拾掇些香香甜甜的秋果，招呼二三亲朋，打开轩窗，悠闲地喝茶品酒，悠闲地谈论农事，悠闲地欣赏着大野里金黄的稻浪。

这个时候，丰收的喜悦，和着菊花茶的清香，菊花酒的清冽，汩汩地，流进人们的心坎。

“袅袅凉风动，凄凄寒露零。兰衰花始白，荷破叶犹青。”当一弯残月，如一枚银钩，撩起晚秋的珠帘，寒露，便在渐浓的秋凉里，轻轻滴落着冰清玉润的美好。

霜降：飞霜流韵越千年

一夜气肃风冷，一地寒露成霜。细碎的花针随意泼洒，晶莹的白花恣情开放。昨晚还是露映星辉，今夜却已露寒霜重。“黟然黑者为星星”，好像满头黑发，转瞬落满银丝，岁月，不知不觉间，又拉着自然与人事，走向冷冷的深处。

“蒹葭苍苍，白露为霜。所谓伊人，在水一方。”每当草木摇落，霜花渐浓，这阕来自远古的清唱，总会揉捏着霜的凄冷，在耳畔若有若无地回响。

感动着这首爱情的歌谣，也感动着诗歌铺设的背景冷冷的美艳：草木落银，苇叶摇黄；晨风吹寒，秋水生烟。于霜白苇黄中缦立远视的模样，把霜降的清寒，站立成温馨的对美好爱情向往的春天。

忽然忆起用浓霜喻美人的诗句：“垆边人似月，皓腕凝霜雪”，“质傲清霜色，香含秋露华”。便觉得守望着《诗经》的墨香，于霜满苇瘦的秋风里，让绵绵的相思之河蜿蜒二千多年的伊人，也该是肌肤如霜，冰清玉洁的绝妙的女子吧？

“月落乌啼霜满天，江枫渔火对愁眠。”也是霜降的节气，一叶孤舟，把羁旅江湖的漂泊人，停泊在秋夜漫漫的乡思中。聒噪的鸦啼，纷乱如落寞的情思；悠悠的钟鸣，又如一声声叹息，沉重而悠长。一回回“鸡声茅店月”，一次次“人迹板桥霜”，可是，“日暮乡关何处是？”只有烟波渺渺，霜天沉沉，好像用清肃与凝重，去点染心头落满寒霜的百结的愁肠。

愁肠如一枝羌笛，款款地吹落一地清霜。“羌管悠悠霜满地，人不眠，将军白发征夫泪。”边关上的那轮月亮，把冷冷的月华，流泻在群山孤城之上，如满满的清冷的霜。浊酒倒影月光，寒霜辉映长剑，起舞弄清影，乡思满白头。可是，燕然未勒，家乡遥遥，玉关霜冷，春风不度，只能让浊酒与浊泪横流，流霜共流光轻扬。

“秋风萧瑟天气凉，草木摇落露为霜。”寒霜从诗经的苇叶飘来，从唐诗的寒山寺飘来，从宋词的羌笛飘来。浸染于民族的血脉，融汇成古今的绝唱，与霜降一起，凝结在日月星辉的照耀中……

立冬：岁月深处的静好

昨夜北风催流霜，今朝木落褪秋装。农家已尽田园事，暂借酒樽度闲光。

西风已去，北风渐紧，清晨起来，地面上已经铺满厚厚的翠黄，镀了一层薄薄的霜。掬一口河里的水，凛凛的，冽冽的，把我的手冻成紫芽姜的模样。岸边的水藻，不经意间，已经凝结成一层浅浅的冰凌，亮亮的，莹莹的，仿佛是立冬捎来的名片。

莽莽苍苍的原野，弥望的是初生的麦苗，青色连天，仿佛为大地母亲，铺了一层绿意融融的地毯。阡陌纵横，零星点缀着的野菊，又像是在地毯的绿波里，撒落些锦簇的花朵。

收割后庄稼的秸秆，被农人簇拥在田间地头，岁月已经拧干了它们绿色的血液，枯槁着，翠黄着，却坚强地站立成活着的模样，任冬的冷风，肆意地吹打着。

而芦花，早已在风的音符里，纷纷扬扬地飘落成诗意的雪花，撒落在田野里，为麦苗浅浅的绿，装点着浅浅的银妆。飘忽着在田野里觅食的喜鹊，喳喳地唱着天籁，黑白的影子，写意着冬的静默中的灵动。

春天欣欣向荣地萌生，夏季郁郁葱茏地滋长，秋季盈盈丰硕地收获，在今天，都变成了立冬沉沉内敛地储藏。

立冬的午饭，家家户户吃的都是饺子。饺子在我们这里，有一个好听的名字——“弯弯顺”，就是万事如意的吉祥。当然，饺子与“交子”谐音，总是在时令首尾相接的时候食用，谚语“立冬补冬，补嘴空”，就是最好的寓意。

晶莹皮似玉，馅美咽生津。
椒醋辛酸拌，度量限逸沉。
蒜姜和荤素，缄口品揪心。
饺子含禅意，食中蕴道深。

这首咏唱饺子的诗歌，千百年来，让多少对来年怀有好梦的人们，口中生津，心旌摇荡。

立冬后的太阳，没有了秋阳的和暖，轮子却好像被鞭子赶着，跑得飞快，刚过了正午，就向西山沉沉地坠去。远方的村落，就依依地升起缕缕炊烟，淡淡地弥散着，款款地融入淡蓝色的山岚。

“绿蚁新醅酒，红泥小火炉。晚来天欲雪，能饮一杯无？”立冬时短，村落早早拉起傍晚的帘幕。茅舍的窗口，已经串起柔柔的鹅黄色的灯苗。佳肴已经备好，火炉已经燃起，酒杯已经斟满，窗外，流霜微撒；窗内，酒香轻漾。也许是收成的丰盈，也许是酒菜的精美，主人恣情地饮着，偶尔有村邻经过，就被硬拉着入座，硬劝着喝酒。火炉的热气香香地萦绕着，主客的笑语亮亮地飘荡着，有几瓣微霜，顽皮地溜进茅舍里，似乎也想分享一丝农人的喜悦。

今夜有约，生活静好。轻轻拉着“立冬”的手，如霜花般轻盈，走向岁月的深处……

小雪：一缕雪魂润冰心

“静来但观雪絮飘，漫洒天地任逍遥。六出冰花皆有意，应说人情日月皎。”

如果说，冬，是岁月深处蛰居的隐者；那么，婆娑于空灵的点点雪花，便是雪魂一缕，润泽着自然与人事的冰心，让红尘中的一抹烟火，境界层深，温婉而多情。

寒江雪钓，是直面磨难，任意浮沉的超脱。

“千山鸟飞绝，万径人踪灭。孤舟蓑笠翁，独钓寒江雪。”

永贞变革的失败，让矢志图新的柳宗元瞬间坠落人生的谷底。惊风乱飐，细雨斜侵，亲朋同僚，纷纷疏离，谪居天涯一隅，千山暮雪，人鸟俱远。那就一蓑缟素，独钓寒江雪吧。

一篙一橹一孤舟，一个渔翁一钓钩。一拍一呼又一笑，一人独占一江雪。

孤拔幽远，惊艳绝伦。一把长竿，在风雪中伫立，他在垂钓着一种精神：于坎坷中坚忍，于孤寂中历练。

子陵钓台前春水悠悠，那是太妩媚了；渭水河畔直钩守候，那是太功利了；濮水秋波里的那张冷峻的脸，那是太执着一念于逍遥了。

只有雪花写意着的寒江独钓的背影，才会永远定格在历史的朝晖夕阴，气象万千的洪阔与幻化中。

听雪乡思，是安享慈母夜补衣的温馨。

“搴帷拜母河梁去，白发愁看泪眼枯。惨惨柴门风雪夜，此时有子不如无。”

拳拳之心，眷眷之情，于母子离别的冷夜，被落雪渲染得悱恻动人。一盏鹅黄，一双泪眼，一鬓银丝，一缕长长的针线……窗外，雪花静静地飘落，轻敲窗棂的微响，像在叮咛着母亲——夜深了，天寒了，该早点休息了！母亲好像浑然不觉，入神地缝着补着，不时用针尖挑落着灯花。一针一线，似乎都浸染着母亲的心血，依偎在她怀抱里的棉衣，焐着母亲的体温，在针线的缝补间幸福地跃动，好像跳跃着的亮亮的灯苗。

慈母手中线，游子身上衣啊！

“日暮苍山远，天寒白屋贫。柴门闻犬吠，风雪夜归人。”

苍山隐隐，风雪萧萧。一窗温馨的微光，淡淡飘来，却在我的心底，燃起暖暖的火苗。当我浪迹天涯，如雪落一样没有方向地漂泊，是那椽茅屋里的灯光，安暖着我离落的流年。母亲在，家就在，这样风雪的夜晚，她就会于灯火的黄晕中，为我缝补寒衣，为我倚门守望。山一程水一程，有母亲为我纳的鞋底；风一更雪一更，有母亲为我缝补的棉衣。

落雪无言，是静看绿竹变琼枝的诗意。

人间多少烟火事，一夕落雪洗无尘。琼花摇落的日子，世事的芜杂，人情的薄凉，便会随雪花一起，消融在阳光的和暖中。

捧一掬莹莹的雪水，煮一壶香香的茗茶，坐看青竹变琼枝，南墙一隅，梅花的暗香便会与雪花一起萦绕。

临窗读诗，“今我来思，雨雪霏霏”，便会为戍边归来物是人非的落寞生悲；“风雨送春归，风雪迎春到”，总是有满腹春光融融的欢喜；“忽如一夜春风来，千树万树梨花开”，却惊艳于“燕山雪花大如席”的雄浑与壮丽了……

雪魂一缕，润泽我心。这个冬季，不冷。

大雪：且蘸琼花赋美芹

一片两片三四片，五六七八九十片。千片万片无数片，飞入梅花都不见。

雪落如梅，绽放着纯美的情愫。一瓣素心，万种诗情，如一阕絮絮柔柔的宋词，总是在雪花柔曼的婆娑中，涵咏着雪样的灵动，雪样的精神，于飘香的一缕雪魂中，咀嚼落雪的况味。

东晋的一场瑞雪，藻洁出一位旷世的咏絮之才。

大雪写意着秦淮河畔的乌衣巷，那是一片粉妆玉砌的琉璃。谢安召集子侄论文义，手拈雪花，心如雪舞，问："何所似也？"道韫答："未若柳絮因风起。"谢安颔首，附掌，微笑。是啊，那漫天飞舞的柳絮，不正如飘雪一样：轻盈，曼妙，挥舞着生命的灵动吗？

其实，以絮喻雪，只是展示其柔美的一面，她有更多的美质，静静地飘落在如雪一样铺陈的诗篇中。

"战罢玉龙三百万，败鳞残甲满天飞。"漫天飞雪，就像被天兵天将杀败的无数条白龙身上脱落的鳞甲，在空中飘落，雄浑而奇崛。

"初疑天女下散花，复恐麻姑行掷米。"散花掷米，妙趣顿生。仿佛于大雪纷扬的背景中，看到飞天的仙女们衣袂飘飘的风姿。

如果说，“忽如一夜春风来，千树万树梨花开”，把大雪舞动得一片明艳，一片芬芳，那么，这首来自唐人张打油的《咏雪》诗，却于近乎素描的白话中，让人们看到另外一番雪趣雪景。

“江山一笼统，井口一窟窿，黄狗身上白，白狗身上肿。”简单写意，笔法如雪一样古朴简捷。

雪落诵诗，让大雪涵盖着岁月的隽永；雪中寻梅，于雪映红梅的温馨中，体悟人事情深。

雪霁天晴。湛蓝的天色，皎洁的雪野，随着一轮红日的喷薄，写意了一个红装素裹的明媚。一树红梅，绽放着冬的童话，墨色的虬枝，点缀着疏朗的绯红。

寻梅的姑娘，一袭红衣，踏雪而来，红通通的脸庞，红彤彤的阳光，红艳艳的梅花，掩映着姑娘清亮亮的双眸。那条幽深幽深的小巷，有姑娘绵长幽远的期待。仿佛听到粉黛色的墙壁里，一阕《一剪梅》的芬芳，在艳阳下诗意地跳跃；那位戴着金丝边眼镜，围着白色围巾的男子，总会在雪花婆娑的大寒中，用飘香的文字，在姑娘的心畔，点燃一炉串着红色火苗的温暖。

哦，这一场有情有义的大雪；这一场诗意与人情暖意融融的约会。

冬至：儿时的冬至

冬至的这天，晴光缕缕，冬阳杲杲，风儿柔柔，和暖如二月小阳春般的明媚。这些与时令相悖甚远的景致，倒让我忆起儿时冬至的况味了。

记忆中的冬至，色调是银白的。纷纷扬扬的大雪，常常把冬至挤压得喘不过气来。天地一色，唯余茫茫。大雪封门，是司空见惯的事。早晨起来，想推开柴门去上学，可是不管怎么用力，却总是推不开。从门的缝隙向外张望，除了一片白，什么也看不见。父亲就会说："大雪封门啦，路肯定也封了，今天学堂就不用上了！"父亲一席话，让我对大雪顿时感恩戴德起来，就因为雪的帮忙，让我暂时不去看老师的老面孔、不去读书本的新字词，这是一件多么开心的事！接下来，是我和雪亲密嬉戏的时候了。

门推不开，不要紧，把门拆下就行了，可是齐腰深的积雪，却让我不能走得太远，只能在家门口自扫门前雪了。但扫也是不行的，只能用铁锨铲。兄弟几个忙碌一个上午，也只能清除门前巴掌大的一块地方。垒起的雪堆，像白色的墙壁，把我家的茅屋，围成了一座孤城。尺寸之间，却是我们兄弟的乐园。大哥忙着堆雪人，铁锨在他的手中，好像一件神奇的法器，挥舞之间，雪人从天而降，神态各异，栩栩如生。二哥忙着捕鸟，虽是一筐一绳一把米而已，却是捕鸟神器，半天下来，抓获的麻雀就是上百只，那时候正逢全民“除四害”，二哥因抓捕麻雀有功，挂过的红花不会少。我什么也不会，却喜欢抡起木棍，横扫挂在茅檐上的冰凌，随着哗啦啦的脆响，地上已经是白花花的一片。“卖冰棍喽！卖冰棍喽！”我扯起嗓子叫卖着，不时捡起一支插在嘴里恣意地吮吸着。这个时候，母亲就会冲过来夺下攥在我手里的“冰棍”，柔声道：“这冻叮当里有蝎虎的尿，吃了会生病的！”那个时候，母亲的话我是深信不疑的，但现在想想，蝎虎的尿不至于泛滥到每支冰凌一泡吧，冰凌前像尿一样的黄色，应该是茅草被雪水浸黄的汁液凝结而成的。

大雪的日子，父亲就牵着家里的大黄，扛着铁锹，带着我们兄弟几个去抓野兔。父亲是捕猎的高手，每次猎兔回来，带去的口袋总是满满的，沉沉的。父亲告诉我们，捕野兔要三看：一看地面，哪里有洞穴，洞穴里储存着稻谷，就是野兔的窝巢；二是看天上，老鹰盘旋的地方，往往是野兔出没的场所；三是看大黄闻嗅后逗留的地点，野兔往往藏身其中。多少年过去了，捕猎野兔的情景，依旧宛然心中——呼啸的北风，裹挟着暴雪，疯狂地肆虐着大野，天地浑然连成一片。苍鹰在头顶盘旋着，大黄在前面巡视着，我们通身雪白，融在茫茫的雪海中……而或野兔在雪地中疾驰，速度之快，灰色的影子仿佛变成雪地上灰色的曲线。这个时候，苍鹰凄厉地尖叫，大黄汪汪地狂吠，我们兄弟几个吆喝着，狂奔着……那阵势，那氛围，不像是在捕猎，倒像是在林海雪原中惊心动魄地追剿着顽匪。

冬至的午饭，照例是吃饺子。那个年代，一年能吃一顿饺子，是很不易的事。但不管日子过得怎么艰难，冬至母亲是必须包顿饺子的，常常是从东家借些白面，西家筹些肉馅。母亲边向我们碗里夹着饺子，边喃喃地絮叨着："冬至吃些弯弯顺，来年做事样样顺……"口气似乎是在祈祷，神情又是那么虔诚，仿佛我们家一年的希望，全部托付给那碗弯溜溜，热腾腾，香喷喷的饺子上。

也许是母亲做的弯弯顺的庇佑吧，这么多年一路走来，我的命运总是顺顺当当的；可是我的母亲，去天国已经多年了；现在的冬至，我照例还是吃着饺子，但母亲喃喃的絮叨，却再也听不到了。兄弟几个偶尔在一起小聚，望着碗里弯溜溜，热腾腾，香喷喷的饺子，就念起母亲生时对我们的好，心里总是酸酸的。冬至的雪似乎也绝迹了，间或飘落几点，浅浅的，仿佛是老人头上脱落的稀疏的白发。

莫非儿时的冬至，陪伴天国的父母，一起走远，再也不能回来了吗？

小寒：雪染梅花著诗韵

勾勒一弯新月，要烘托一抹彩云的灵秀；剪辑一叶白帆，要渲染一泓秋水的澄碧；同样，于岁寒深处，吟哦一阕诗韵，最雅致的背景，便是雪落深深，梅影沉沉的疏朗与写意了。

“有梅无雪不精神，有雪无诗俗了人。日暮诗成天又雪，与梅并作十分春。”雪魂、梅格、诗韵，仿佛是岁寒三友，同气连枝，掩映成趣，让寂寥的冬，轻漾丝丝缕缕的春意。

于是，与雪花一起绽放的梅花，总是把横斜的疏影，盈袖的暗香，于人们心灵最柔软处，悄然飘落。好像是春天的青鸟，暖暖的，为冰封的日子，送来第一声轻啼。

“折花逢驿使，寄予陇头人。江南无所有，聊赠一枝春。”一剪寒梅，让风雪阻隔的迢迢乡思，瞬间弥散款款的温情。每一叶花蕊，每一瓣心香，都萦绕着漂泊者郁积于天涯深处的祝福。

也许是雪花素心的晕染，盛开于诗风词雨中的梅花，凛凛然自成高格。“零落成泥碾作尘，只有香如故”的皎洁，“忽然一夜清香发，散作乾坤万里春”的德泽，“不要人夸好颜色，只留清气满乾坤”的内敛，“待到山花烂漫时，她在丛中笑”的恬隐……好像是漫天飞舞的雪花，人生的每一页精彩的华章，每一掬美好的情愫，每一瓣心灵的香味，都印有深深的梅花烙。

“何方可化身千亿，一树梅花一放翁”，诗人陆游因梅而痴，因痴而幻，竟臆想分身无数，个个成梅，馥郁着人性的清香。

林和靖纳梅为妻，一生不娶。梅妻鹤子相伴左右。月夜赏梅，玩疏影横斜，撩寒水清浅，闻暗香浮动，赏月色黄昏，一片梅依月偎的圣洁琉璃。

一椽瀑布，飞流直下三千尺。流银泻玉，如一树白梅恣意绽放，便是“梅雨潭”。

一方天地，面眺太湖烟波，背依龙山翠屏，通山水之脉，萃日月精华，梅花参差，香如雪海，便是“梅园”。

淫雨霏霏，连月不开，雨势如梅事缠绵，落雨如落梅轻婉，便是“梅雨”。

“只有梅花是知己”，刻于鲁迅早期印章上的这七个字，是梅花灵魂的点睛。

大寒：梅花香处觅春光

岁月愈深，天气愈寒，风起雪落的苍茫中，大自然的万籁，似乎变成一只寒蝉，默默地寂寥：雪压下的石头，静静地回忆着他们古老的故事；青青麦苗，沉淀着绿色的血液，酝酿着诗一样的墒情。

只有梅花，烂漫地婆娑着缤纷的斑斓，把黄的、红的、白的色彩，点染在落雪的一隅一角，让朵朵雪花，馥郁着朱砂梅的清香。墨色的虬枝，在年轮上书写着成长的日记，倾诉着对阳光和大地的感恩。

花信是季节的名片，总于岁月的轮回中，传递着造化的融融的温度：譬如桃红李白春日的妩媚，荷香莲韵夏日的恣肆，丹桂菊黄秋日的熟稔；至于冬天，于数九严寒的凛冽中鲜艳着花的模样，只有“凌寒独自开”的梅花了。

“一花一世界，一叶一菩提。”芬芳于大寒枝头的梅花，洇漫着多少人情中的美好。

雪霁天晴。湛蓝的天色，皎洁的雪野，随着一轮红色的喷薄，写意了一个红装素裹的明媚。一树红梅，绽放着冬的童话，墨色的虬枝，点缀着疏朗的绯红。寻梅的姑娘，一袭红衣，踏雪而来，红彤彤的阳光，红通通的脸庞，红艳艳的梅花，掩映着姑娘清亮亮的双眸。那条幽深幽深的小巷，有姑娘绵长绵长的期待。仿佛听到粉黛色的墙壁里，一阕《一剪梅》的芬芳，在艳阳下诗意地跳跃；那位戴着金丝边眼镜，围着白色围巾的男子，总会在雪花婆娑的大寒中，用飘香的文字，在姑娘的心畔，点燃一炉串着红色火苗的温暖。

雪褥下的麦苗，正铺展着她们绿油油的梦想。花信风里依稀飘来梅花淡淡的幽香。那丝丝缕缕隐隐约约的缠绵，好像冰封的河面下水流潺潺的吟唱。

瑞雪入景，大寒合时，巡视田间的老农，捧起一掬亮莹莹的雪花，仿佛听到麦苗青春拔节的声响，仿佛看到麦苗们正摇曳着绿色的旗子，迎接暖融融，明亮亮，甜蜜蜜的明天。

“五九六九，满河插柳。”三九倏然而过，白昼悄然拉长，地温隐隐回升。河边的垂柳，抖落一身银装，吐着浅浅的淡黄。雪融后的大地肥肥的，肥得随便插一根筷子，也能生长出青枝绿叶。插一支柳条，就播撒一缕春光；植一抹绿色，就蕴积着明天的希望。“老农犹喜高天雪，况有来年麦果香。”大寒的节气，发酵着人们沉甸甸的希冀，薄发着新年青郁郁的生机。

一份隆冬一份春，春色来自大寒中。大寒尽，立春至，春节始。轻盈盈的雪花，装扮着喜盈盈的新年。劳作一年的农人们，在彻骨的大寒中享受着家的透心的温情。煮一壶浓浓的热茶，温一杯酽酽的美酒，香了庭院，醉了村落，晕染了雪意沉沉的冬。

而一条温情脉脉的回家路，在天空、地面、水上，正深情地铺展。千里之外，是漫洇着乡愁的故乡，那里有魂牵着的父老乡亲，那里有梦绕着的山山水水，那里有隆冬最美好的春的祈盼。返乡寻根的热潮，把大寒冲洗得温婉动人，仿佛家的祠堂里那株经年的蜡梅，总把最深的情，最浓的香，最强的暖，留给归来的游子，融化他们冰冻三尺的乡思。

年味浓了，暖味重了，生活的况味日渐隽永了。梅花馨香中偶尔飘来的鸟的轻啼，仿佛在提醒人们：大寒来了，春天还会远吗？

心灵原乡

我生活的小城小镇，坐落于黄海之滨，花果山脚下。因为濒海，小镇曾是苏北最大的盐业集散地，被誉为“淮北盐都”；因为靠花果山，小城的“西游记文化”，辐射周遭，蜚声海内外。我是港城的儿子，我的身心，依恋着这里的一草一木，一砖一瓦，一山一水……我的生命，已经和她融为一体。

为什么眼中常含泪水，因为我对这片土地爱得深沉……

玉兰花开的春天

我一直以生于连云港而倍感自豪。这座山海相依，秀色连云的小城，发生的许多人和事，总让我心生感动。

这里书香洇漫，曾诞生了古典名著《西游记》《镜花缘》《儒林外史》。虽有的近于虚幻，有的充满传奇，却深深烙上了一方水土一方人的秉性。如疾恶如仇，除恶务尽的大圣精神，崇德向善，求真尚美的汝珍情怀，“不要人夸颜色好，只留清气满乾坤”王冕的墨梅品格……

这些纯美情愫的晕染，把人性的善良，人情的美好，深深地植入一颗颗善感的灵魂，深化为一种发乎本性出于自然的人格文化。

翠微掩映的孝妇寺，是对感天动地，滴血凝泪的孝文化庄严的祭奠；站立千年终于化石的孔子东望，是忧患苍生，正于王道的思考；抗日山头烈士的累累墓冢，是捐躯国难，苌弘化碧的壮怀激烈……

这是一片神奇而神圣的热土，因为这些血脉偾张，精深博大的人文精髓的涵煦，于新时期，越发显得美丽与明媚。

“一群好人，满城春风。”像满天星斗，小城故事总是闪耀着熠熠的光辉。

班组同心，服务是金；勉力向善，香味如兰。这“金兰之交”，正是“雷锋车”手们几十年如一日践行的对旅客的庄重承诺。从木扁担、木板车到电瓶车，最美的路，是心的方向。17 万多公里的行程，26 万多人次免费运送老弱病残，22 万余件义务运送包裹……扶老携幼、风雨无阻，灿然如玉兰花一样美丽的笑容，让颠簸在风雨里的一颗颗心灵的苦旅，有了“家”的皈依。

1986年以来，王继才夫妇义务守岛，已经整整32年。荒芜、贫瘠，因为英雄血汗的浸染，生机勃发；孤寂、艰辛，因为爱国奉献的精神，乐观而执着。当他倒在巡哨的路上，再也不能起来，灵魂染香的英雄，就矗立成一座新时代奋斗者价值追求的雕像，是追梦人永远的标杆。

当 284 名特困孩子迎着朝阳，背着书包，蹦蹦跳跳着飞进校园，赣榆税务爱心妈妈团队的阿姨们，脸上就盛开着如玉兰花一样，灿烂的笑靥。是啊，从她们建起国税春蕾班的那一天起，22 年过去了，就努力让每一个贫困的孩子，像花朵一样，吮吸着爱心的雨露，沐浴着亲情的阳光。如今，又一批被她们呵护的孩子，叽叽喳喳如快乐的小鸟，在春风里幸福地飞翔，片片白羽，似朵朵玉兰，款款地飘香。

大爱无疆的道德的力量，就是一缕春风，一丝春雨，一米春阳，让港城永远拥抱着玉兰花开的春天，永远激荡着如黄海般滚涌不断的伟大的爱。

我是港城人，我自豪！

秋季到港城来看雨

一年四季，总有别样的风景星星点点地散落：譬如夏日去西藏作屋脊上惬意的纳凉；冬天游海南于天涯海角作阳光的沐浴；春天，梦回江南，享受一番“春水碧于天，画船听雨眠”的闲适，欣赏一位“垆边人似月，皓腕凝霜雪”绝美的女子，也是烟雨江南的赏心乐事了；可是，秋毕竟是凋零的季节，于黄叶婆娑的纷谢里，人们赏秋的兴致往往随无边的落木，萧萧地疏落。

不妨在秋色的空蒙中，来连云港，看潇潇秋雨洒清秋吧。

港城看雨，最恢宏的景致，当然去海边了。隔着雨帘看海，拍岸的惊涛渲染着秋雨的磅礴，为苍茫的海水奏响一曲雄浑的乐章。虚无缥缈间，依稀有仙山绵延海面，便是传说中的瀛洲了。蓬莱、方丈、瀛洲，三座仙界，港城拥有其一，这种人间仙境，只有于秋雨的洒落中，才更茵漫着醉人的神韵。

携裹着一颗被秋雨淋湿的心，于海边的木屋里休憩。潮起潮落的跌宕里，有恍惚迷离的心绪的抑扬。细密的雨线里，仿佛络绎着八仙的祥云，柔曼着蟠桃祝寿的仙女们飞天的婀娜；远方飘来的，隐隐的，天鸡的鸣唱……

港城看雨，如若在翠微之上，云雾之中，便有飘飘欲仙的超脱。云台山系出落在黄海间，却横贯着港城亘古的逶迤。山的钟灵，也毓育着一阕阕美丽的神话。根植于花果山上的《西游记》文化，便是闪耀其中最夺目的明珠了。

于秋雨不疾不徐的飘落中，拾级印满苍苔的山路之上，一层层石阶，仿佛是一组组五线曲谱，应和着潺潺的溪音，演奏着来自远古的天籁。水帘洞的珠帘，在秋雨的浸润下，越发晶莹而灵动。那位曾把天宫闹得天翻地覆的孙大圣呢，为什么于秋雨中遁迹于无形，却把自己温馨的窠巢，皈依于雨中的静谧？还有那尊憨憨的八戒石，于雨的嘀嗒声中默默，是否还在惦记着遥远的村落里，缠绵着如秋雨一样相思的高小姐呢？

一番秋雨的晕染，鱼湾的水更澄澈了，宿城的红叶更明艳了，孔望山的野菊更葳蕤了……港城人的心，也愈发鲜活洁净了

秋季到港城看雨，心，会随海的波澜澎湃；情，会因山的神奇幽远；所有美好的怀想，会淋湿在秋雨里，深深地陶醉……

小镇的春

小镇的春，最早是从李汝珍故居一隅，梅树的枝头展露出来的。梅花是古典名著《镜花缘》中十二花仙之一，自然是先生的最爱。那些鼓胀着嫩黄的蓓蕾，于天井的古色古香中跃跃欲放，淡淡的清香，晕染着温婉、内敛、希望，宛如小镇的春天。

绵延的云台山系，如孔雀开屏，在小镇的侧畔轻轻舒展；因而，便是冬天，小镇也如偎依着山岚的姑娘，在灿灿的阳光里，安暖着清浅的时光。

春节刚过，冬的寒意还在北海门转悠，黛黑色的城墙，就已经被淡青的草色，映出几分春意来。牛儿就背着牧童悠悠而来，边哞哞地欢叫，边自在地摇着尾巴。泥土中偶尔飘来的甘甜的味道，是它幸福的期待。

这个时候，镇上很多的姑娘们，或背着柳篓，或提着竹篮，雀跃着叽叽喳喳地奔向城外挑荠菜。挑荠菜是小镇入春的风俗，“二月二，挑荠菜，荠菜包饼筋拽拽”。其实，还在正月呢，白草蜷缩着在丝丝的冷风里瑟瑟发抖，荠菜青绿的嫩叶，便招摇着破土而出了。她们躲在枯草丛中，似乎在与人们捉着迷藏，但其中的大多数，还是被“俘虏”而去，成为小镇早春最时鲜的美味。

“穿海州，吃板浦，南城古财主。”小镇人好吃，也会吃，一年四季，总有响当当的菜肴，享誉港城内外。譬如夏天吴大眼豆丹、秋天一品居醉蟹、冬天黄四麻香肠，至于春天，就是荠菜系列的野味了：荠菜饺子、荠菜馄饨、荠菜春卷、荠菜粥饭……过年大鱼大肉，肥了小镇人的肠子；荠菜却好，纯天然的野菜，清香入口，清凉入肚，营养不用说，还能清热解毒。

春雨说下就下，细细的、密密的，把小巷褐色老墙上杏花的红朵，滋润成一张张绽着笑靥的女孩子的脸。小镇纵横着一百多条古巷，雨天彳亍其间，迷离恍惚，仿佛走进一条幽深幽深时间的隧道，历史的风云，际会着穿越，线装书上一个个泛黄的旧影，倏忽于深巷雨雾中亲切地灵动起来。

西顾巷的汪家大院中，光景深深，梅影沉沉。春眠不觉晓，可是，庭院幽幽处，吟哦诗书抑扬顿挫，如枝头的黄鹂婉转悠扬。汪氏五魁，就从这条飘雨的小巷，走出古镇，走入社会，走向海外……科学救国；如玉树临风，站立成共和国春天里伟岸的风景。

从大寺巷北行百余步，便是国清禅寺。这座建于宋元丰年间的古寺，距今已逾千年。岁月的风雨剥蚀着明砖清瓦，却洗不去诗词流韵。文人墨客桃李春风，饮觞酬唱，自是一阕飘香的过往。

清人许乔林《弇榆山房笔谭》记录国清寺桃花诗会云：“雍正庚戌春，沂郯海赣同知吴公象贤勾当公事至板浦，集诸名士题襟射覆觞咏无虚日……”

“东风吹醒入桃源，眼底红云玉树翻。太白醉吟花下句，惠连移送雨中尊。繁枝春老香堪摘，活火声清渴欲吞。壁上有琴僧未俗，逃禅兴味想茶村。”如果古镇文化粲然如一树花开，吴象贤这首《国清寺赏桃花》诗，便是招摇枝头最绚烂的一朵。

其实，神游落雨的小巷，是最适宜与逝去的先贤，做心灵的絮语。鱼市口二许遗宅，老屋几椽，乱草丛生，可蹲踞于门楣旁的两枚石鼓，似乎还在守护着乾嘉才子尚存的涓涓不息的文脉。还有空心街尾、大天池畔、荷花池旁……每一条寻常巷陌的斑驳处，都散落着熠熠生辉的文化的碎片。

就痴痴地想着，在春天的雨巷深处，择一记藤萝飘拂的酒馆，让白白的肤色像杏花一样美丽的酒娘，盛一壶酽酽的老酒，静候“二许”、松石道人、凌仲子……凭窗听雨，把酒临风，推盏交欢。虽是隔世之约，了却一生夙愿，如是，多好！

小镇河东嘴 17 号，是姚祥麟先生的寓所。姚老是当代古镇文化研究名家，曾著《板浦春秋》新旧五卷。一条废弃的护城河南岸，便是秋园。

清明前后，是小镇春天的最盛，常约姚老同游秋园。他便如数家珍般讲秋园一度名噪淮北的名园史，讲她毁于兵燹的悲壮……如今，秋园已属于果园村的一隅，满园是烂漫着的桃花、梨花，红白夹岸，把古盐河掩映成一条彩霞簇拥的天河。

姚老指着刚刚修葺一新的园门，说，秋园自然风景秀丽，人文景观繁多，像日军水牢、龟腰断桥、苏光烈士墓、日机轰炸遇难同胞纪念碑……底蕴都很厚重。政府已经采纳了自己的建议，准备把秋园改造成集休闲、旅游、饮食、教育于一炉的镜花缘生态景区。说到这里，姚老笑得很灿烂，好像晚霞余晖里红红的桃花。

是啊，春天来了，乱花渐欲迷人眼，好景在前，在等着你我呢！

小镇的夏

当国清禅寺的枇杷，缀满累累的橙黄；当北海门的城墙，爬满古藤的虬须；当古盐河在雷雨之后，第一次鼓胀着满满的水意，小镇的夏，便于阑珊的春意中，倏然而至了。

就如李汝珍故居的后园中那片皂角翠叶下荫荫的绿地，清凉、幽深、意境悠长，宛如小镇的夏。

古泊善后河，像一条玉带，从小镇的南侧蜿蜒东去；南来的风，就像水一样，吹在小镇的一隅一角，夹杂着苇叶和稻苗鲜鲜的清新。丰盈的雨水，时常不期而落，把一城烟雨，柔柔地铺展；因而，夏至前，小镇也还是清清爽爽、气温一般在摄氏三十度以下蛰伏。

槐树花，总于立夏伊始，一嘟噜一嘟噜开满小镇，像玉蝶一样，婆娑着馥郁的芬芳。把五月的浅夏，绽放成一片洁白的海洋。

莹莹的嫩白，淡淡的清香，于晓风里婀娜着一身轻盈。绰约枝头的槐花们，又多么像扎着麻花辫子，浅笑盈盈的小镇姑娘。

槐花满树的日子，镇上的姑娘们便背着柳篓，拿着长柄的镰刀，于晨曦湿湿的露水里，成群结队地采摘槐花。

白白的花朵，映着白白的面庞；袅袅的晨风，漾着脆脆的笑语；在翠绿中轻轻摆动着的一串串粉白的丽影，又如雀跃着的姑娘们花枝招展的灵动……

小镇的老婆婆们，会把姑娘们采来的槐花，做成许多可口的美食：蒸槐花糕、槐花麦饭、槐花粑粑、槐花饺子、槐花包子……别看老人们的手很粗糙，像久历风雨的老槐的皮；然而，槐花盛开的浅夏，小镇的街头巷尾，总被调制得香喷喷，乐融融，喜盈盈。

小满的那几天，天色晴朗朗的，太阳热辣辣的。郊外，黄澄澄的麦浪便滚涌着金灿灿的阳光，清淡淡的麦香氤氲着蓝莹莹的碧空。灌着浆的麦香，晕染着小镇丰收的喜悦。

新麦磨成的面粉，香味足、营养丰、口感好，是小镇人的最爱。黄大刀手擀面、陆安顺插酥小脆饼、刘小秋三鲜饺子、张小七虾肉馄饨……在麦黄初熟的季节，这些荡漾在小镇新麦的香味，总会引来市内外的美食族，流连光景，品味时鲜，咀嚼小镇源远流长的饮食文化。

待大野里的麦子已经归仓，绵绵的梅雨便如期而至。麦子灌浆时的温热，被雨水冲洗而去，小镇又变得清凉起来。T恤、裙子……这些刚刚在街头流行的夏装，又被厚厚的毛衣取代。

镇上一些清闲的人，总喜欢借着梅雨，到大天池畔垂钓一缕闲情。这方芦苇丛生的窄窄的池塘，二十世纪六十年代前，还是小镇人饮水的源头；几百年前，乾嘉才子凌廷堪感怀这方汪汪一碧的池水泽被苍生，作《天池铭》勒石留存——

> 板浦东南一里而近，有天池焉。其圆如磐，其澄如鉴。约径百步，厥周三三。滨海之地，类多斥卤，兹池之性，独秉甘洌。……妇子群焉往汲，闾阎赖以获济。……乌鹊浴之而不厌，马牛饮之而不辞。语其气量则千顷之陂，衡其功用则九里之润。……

随着自来水的普及，这方小镇人的生命之源已逐渐淡出人们的视线，匿于岁月的深处，在荒草与芦荻的吞噬中悄然隐逝。正如喂养着众多儿女的母亲，正一天天老去 。可是，当我们捧一掬池水，仍能感受到岁月的温度，恰如母爱的温情。

镇上的少男少女，却喜欢在薄薄的雨帘中漫游秋园，凭吊这座曾名噪一时的苏北名园盛衰的过往。龟腰桥上，俯瞰柔柔的水草间滚涌着的乌云变幻，一种历史交错的迷离，连同身边的细雨，轻轻地萦绕；远听古盐河中汽笛沉沉，眼前便浮现着一幅幅舳舻千里，白帆如云小镇昨日“盐都”的兴盛。而此时，被一簇簇花伞笼罩着的秋园，只有草儿萋萋，在雨中疯狂地生长；只有蛙声如潮，鸣唱着永恒不变的夏的歌谣……

小镇真正的夏天，是在夏至后不到一个月的时间里。气温一路飙升，最高至摄氏三十五度上下，但也最多维持三五天的时间。梧桐深处的知了，已经是有些难耐了，扯着嗓子啁啾着——热死了！热死了！小镇的人被叫得心慌，大多躲在家里避暑。街道上除了热辣辣明晃晃的烈日，什么也没有。

这时候，海面上就会滚涌起一大抹乌云，在东风强劲的催促下，挥师西下，轻灵地从山的脊梁缓缓攀越，当她们顺坡而下，滑向小镇的时候，已经变成晶莹剔透的雨，洒落在街道、乡野、河道……干渴的庄稼，像饱吸着母亲乳汁的婴儿，在翠翠的绿色中兴奋地招摇着身姿，充沛的雨水浸晕着她们的全身，滋补着她们的养分，绿色的血液就重新充盈着她们的身心，脆生生，鲜亮亮，活泼泼……弥望的田畴，就成了庄稼们欢呼，雀跃，生命力尽情挥洒的乐园。

人们就纷纷从空调间浑浊的空气中走出来，晶莹的雨水洗涤着弥漫的尘埃，让雨洗后的小镇，如水晶一样纯净。田野的绿色倾吐着新鲜的空气，在雨水中刚刚沐浴过的鸟儿，唱着欢快的歌谣；南风吹过，送来花香的馥郁、河水的清凉，荡涤着他们的身心；五脏六腑，仿佛在洁净的雨水里润过一样。

下雨的日子，镇上的男孩子们就光着身子，嬉闹着冲进那层密密的雨帘，雨水洗发，酥软软；雨水入口，甜滋滋；雨水润身，凉飕飕。姑娘们就撑着花伞，撩起裙裾，在轻柔的风和细密的雨中，采撷着雨的纯洁，雨的灵秀，雨的温柔……斑斓的花伞，滴落着雨的诗，轻轻落下，又化成一缕缕浅浅的叹息。

雨水一落，空气就变得凉爽许多。小巷里的花儿，譬如凌霄、紫薇、月季，愈发鲜美起来，花香似乎也越发馥郁。老头老太们，端出藤椅，拿来板凳，摇着蒲扇，纳凉消夏。

巷口的那棵老槐树翠绿的浓荫，像一泓幽幽的井，给巷里人带来一方清爽爽的凉。白花花的胡子像槐花一样挂在下巴的老人，边拉着二胡，边讲着古人古事，故事的年龄，好像比老槐还要长……

人们都走进了老人的故事里，槐花树下，默默如一口幽深的井，除了头上落叶簌簌的微响，除了枝丫鹧鸪轻轻地啼唱。

光阴从叶子的缝隙间，漏下一簇簇斑驳的影子，像一张张黑白的胶卷，把小镇花开花落的心事，轻轻地珍藏。

汪家大院黛黑色的檐楹下，紫燕们在深情地呢喃，仿佛青青的瓜蔓中，花儿们静静地开放。

小镇的秋

小楼一夜听雨，清晨起来，窗台下已堆积厚厚的一层黄叶，湿湿的，像一枚枚不慎落水的名片，阅读那一条条横斜有致的叶脉，我知道，秋，的确已经悄然来临了。

与我毗邻的小巷，已经没有夏日的喧闹。那些摇着蒲扇，在巷口纳凉的老头老太们，被这场秋风秋雨，淋落得不见踪影；只有小巷深深，还像原来一样，默默地绵延着亘古不变的诗行；可是，黛黑色墙壁上一串串凌霄，已经零落成满地红雨，为小巷铺了一层绯红的地毯；而牵牛花的蓝朵，却开满瓦沟墙畔，花的喇叭浸着水珠的晶莹，传递着秋的消息。

李汝珍故居的一隅，树龄已逾 200 岁的皂角，已经把刀形的果子，缀满树的枝头。秋风吹过，落叶飘飘，在天地间拉起翠黄的帘子；黑色的刀一样的皂角，就噼噼啪啪地在帘幕间坠落。这个时候，镇上的姑娘们，就会提着竹篮，背着柳篓，成群地前来捡拾皂角。她们会把皂角调弄得像化妆品一样精致。小镇不少姑娘们不喜欢用买来的洗发品，在姑娘们看来，不管它们包装得如何精美，名字如何好听，都不会改变化学的属性。皂角却好，纯天然的护发品，从古至今，它洗黑洗亮了小镇多少姑娘们飘逸的青丝！

西顾巷里汪家大院的菊花开了，黄得像霞，白得像玉，紫得像琥珀……把整个的院子，渲染成一片七彩的世界。汪家大院出了“汪氏五魁”，在二十世纪三十年代，也是一个菊花盛开的秋天，他们离开了父母，告别了小镇，外出求学。临行前，母亲含着泪水，为每个孩子胸襟前别了一枝刚刚摘下的，还带着露水的菊花。从此，这些开放着母爱的花朵，总是在每一个难眠的秋夜，摇曳在兄弟五人的脑际、心海……当他们白发如银，回到小镇寻根的时候，就紧紧偎依着大院里那一丛丛如蝶一样烂漫，如霞一样绚丽的菊花。西风袅袅，乡思无涯……如今，斯人已去，只有菊花浓香依旧，美丽如初，每一丝秋菊的花瓣，都在讲述着一段古老的故事。

这个时令，最惬意的事，莫过于在周末的闲暇，提一支长竿，携二三好友，在古盐河的碧波里，垂钓秋的恬静与闲适。小镇曾因盐业的发达，一度成为淮北盐都；这里的盐义仓，曾是海属最大的盐业集散地。兴盛的盐业给河水起了一个好听的名字——盐河；盐河，也成为小镇盐业运输，流通南北的枢纽。往事如烟，昨日舳舻绵延不再，今天前来拜访的，却是蓑衣斗笠垂钓客。

河水悠悠，朝阳脉脉。清澈与澄碧，写意着秋的韵致。这里水阔流急，是垂钓的天然渔场；秋日水静流缓，更是下钩最佳时令。收获的鲫鱼最多，但运气好的时候，也能钓到肥硕的鳜鱼。晌午的时候，我们就在河岸搭起简易的锅灶，舀一锅清清的盐河水，点燃起从旷野里捡拾的豆叶豆根，把鱼儿清理干净，往锅里一扔，约莫一袋烟的时间，一股浓烈的鱼香就扑鼻而来。洁白的鱼汤滚沸着洁白的鱼儿，直惹得我们馋涎欲滴。摊开地毯，倒出酒儿，盛来鱼汤，加点佐料，秋的野炊便开始了……

一朵枯黄的落叶，像一只婆娑的蝴蝶，飘落在我的脸上，让我从酒的酽酽的醉里醒来。柔柔的秋草抚摸着我，酥酥的，痒痒的，仿佛在为我做深情的按摩。蝉鸣已经融入泥土，蛙声也从稻花香中消逝了。几朵白云从头顶缓缓飘过，天空就显得更加湛蓝而深邃。南归的大雁，排着人字形雁阵，鸣叫着出没在云的舒卷中……

与盐河毗邻而居的，是秋园。由民国时期主持盐政的风云人物缪秋杰倡导修建，一度显赫为苏北最大最富丽的园林。这里最美的景致，是“秋海观菊”“秋风赏桂”“秋水弄舟”——也许这正是“秋园”得名的来由，却在抗战中毁于兵燹，如今仅剩下残桥半座，死水一潭。几只白鹭，恣意地在池塘旁觅食，点点纯粹的白色，恰似秋的感叹号。

静静伫立在小镇的深秋，自己仿佛便是一只闲散的野鹤，不必匆匆寻找回家的路，心如一池秋水，身似不系之舟，在秋色的晕染中化作一丝晚霞，空灵着小镇秋的意象，于无意中让看风景的人细细地品读。

小镇的冬

入冬的小镇，像一位温婉的小家碧玉，静静地偎依着凤凰山的南麓；绵延的峰峦，像一叶叶舒展着的翠屏，把南下的寒流，轻轻地隔断；古泊善后河水如一束纨素，绕城而过，似乎把小镇的身子，拥得紧紧的，祛却着偶尔掠过的寒意。

因而，小镇的冬，总是脉动着岁月的温度，一如她毗邻的江南。

立冬后走过“小雪”“大雪”两个节气，也很难看到与时令相关的雪的影子，倒是飘着像雪一样密集的落木，把翠叶漫舞成天地玄黄的模样。即便如此，仍然有很多葱茏的绿色，流泻着春意的婆娑，譬如香樟，譬如女贞。暖暖的阳光，写意着落于古墙上的斑驳的碎影，让青黛色的厚重，多了一分生机与灵动。

这样，择一个漫着阳光的周末，于绿叶掩映的小巷中徜徉，让暖阳曝曝背，让凉风醒醒骨，让散落于古镇深处的历史遗存，作一次心灵的晕染，也是冬日里最好的人事。

也许是年事已高，李汝珍故居里那棵已逾二百岁的皂角，落叶已尽，铁干遒枝间，密密挂着的，是棕褐色的刀形的果子，冷冷的色调，很像先生眉宇间镌刻着的冷峻。尽管生前落魄着，落寞着，先生仍把人性的温度，润泽于心底，发酵于墨香，如冬日里皂角孕育着的生命。皂角距先生书房仅在咫尺，生果的日子，总是与书香氤氲于一起，盈盈地洒落庭院的一隅一角。著书的闲暇，先生会临窗瞩望，那零落于一抹抹翠碧中的褐红，像一颗颗燃烧着的善感的心灵，总要把她们的不羁与热烈，盛开成暖冬特立独行的模样。当她们幻为花神，芬芳于盛唐的国度，绽放于《镜花缘》的传奇，个性是那么张扬，才情是那么充盈，把男尊女卑的封建等级制度，冲得七零八落；女性人格独立的思想，如皂角初成，萌芽着新鲜与美丽。

国清禅寺的枇杷，还是那样郁郁地挥洒着浓得化不开的绿荫，把天井渲染得更加幽静而深沉。这座建于北宋元丰年间，距今已逾一千多年的古寺，从佛教圣地到育人殿堂，从梵音佛诵到书声琅琅，让小镇历史和文化的标杆，完成了她生命内核的嬗变。正如枇杷枝头烂漫开着的淡黄色的花朵，光景愈深，愈开得热烈，开得恣意。像一位饱经风霜的老人，慈祥地伫立于小镇大寺巷的深处，默默地把岁月的沧桑守望。

楔入小镇血脉里的这些历史文化的留存，是青黛色的背景里永恒的生命的符号。风起雪落，寒凝大地，因为这些人文的观照，小巷纵横交错着的，总是青郁郁的春天。

“穿海州，吃板浦，南城古财主。”小镇人爱吃，也会吃，很平常的食料，经小镇人一调制，便是美食中的美食，精品中的精品。四时八节，总有舌尖上的美味，飘香于寻常巷陌：譬如春天黄大刀酒楼的阳春手擀面，譬如夏天吴大眼家宴的时鲜豆丹，譬如秋天赵连好作坊的特色凉粉；若是冬日来临，岁末人闲，捣鼓美食，便是小镇人日常忙碌的主题。街头巷尾、家家户户、楼上楼下，但凡有空闲的地方，总是密密悬挂着秘制的香肠。说是“秘制”，是因为尽管主料都是上好的猪肉，但各家都有一套晾制的诀窍，都有一些独特的配料。因而，虽然都是“板浦香肠”，但品味迥异，花样色别，没有上中下之分，只有不同人喜欢的不同的口味。“一千个人眼里有一千个哈姆雷特”，虽然审美的感官有别，说的却是同一个理。

冬至后，小镇才进入真正意义上的冬天，气温便在零度上下转悠，彤云过处，便纷纷扬扬落下一场雪来，但地温还没有完全“归零”，落地的雪也就很快不见了影子。只有瓦沟墙畔，苇花竹叶，残雪还在盈盈地留白。这个时候，邀二三好友，去秋园断桥旁赏一树梅花的丽影，看桥下的寒水里还泛着青色的水草，随手挑一篮“雪里蕻”回去，红烧盐河里的野生鱼，也是别有情致的“雪趣”了。

小镇人很好客，一盘雪里红烧鱼当然不够，桌上琳琅着的，总会有几碟时鲜的美味：蒸香肠、煎凉粉、烧豆丹、插酥小脆饼、朱二虎狗肉冻……佐料中汪恕有滴醋是一定要有的，那可是小镇饮食文化的招牌。几百年了，滴醋酸酸的香气几乎浸染着所有国人的餐桌。即使数九了，滴醋入口，也还是温温的，绵绵的，一如小镇的冬天。

冬日阳光，还是一如既往地和暖。北海门像一位负暄的老人，正懒洋洋地蹲踞在小镇的北方。很有温度的小镇，很有温度的小镇人，很有温度的小镇人的冬天。

李汝珍故居的石榴树

坐落于古镇板浦的李汝珍故居，是连云港市人文景观的一张很厚重的文化名片。这里，是古典名著《镜花缘》的诞生地，也是让每一位前来瞻仰的拜谒者沐浴春风的精神高地。一砖一瓦、一草一木、一字一画……因墨香流韵的浸染，愈发古朴而境界幽远。

故居有两棵与先生年龄相仿的树：一棵是皂角，另一棵是石榴。“五月榴花照眼明”，让我对故居天井里的那株石榴树，更多几分喜爱与崇敬。

也许是摇曳枝头的如一簇簇红色火焰的石榴花，晕染着先生的情思，石榴树也婀娜成一位衣袂飘飘的花仙子，款款地飞进先生传奇着女子聪颖与妩媚的墨香里。

《镜花缘》中，先生写道：“此花（石榴花）后来送到东海郡，附近流传，莫不保护……至今仍有异种，并有一株而开五色者。每花一盆，非数十金不可得，真可甲于天下。”

《镜花缘》中还有这方面的描述：武则天用火强攻群芳圃和上林苑，催促百花开放。在众多的奇葩秀卉中，唯独石榴以惊人的速度展现艳丽，喷吐馨香。则天皇帝大悦，说：“这里的石榴，是朕特意叫陇右节度使从西域采办来的。它不但开出了各种殊异的色彩，而且多是怀中抱子。朕今见鞍思马，睹物怀人，想起不惑之年的侄儿武三思，尚无子嗣，何不把这送给他，作为得子的征兆？”武则天当下传令兵部，把200棵石榴树苗赏给在东海郡(今连云港海州区)镇防的武三思。以后武三思有没有子嗣并不关人们的事，但“石榴多结子”，却寄寓着人们多子多福的美好祈盼。

以花喻人，因花幻人，让百花仙子的化身唐小山，灵魂充满着香气。清人张潮在《幽梦影》里有云：“美人之胜于花者，解语也；花之胜于美人者，生香也。”用美女来搭配名花，除百花仙子唐小山外，《镜花缘》中还有很多性格迥异的司花仙子，先生为她们都取了好听的名字 。比如，牡丹仙子名曰阴若花，兰花仙子名曰由秀英，水仙仙子名曰廉锦枫，莲花仙子名曰章兰英……才貌非凡，气质卓然。

石榴树距先生书房仅在咫尺，开花的日子，总是和书香氤氲于一起，盈盈地洒落庭院的一隅一角。著书的闲暇，先生会临窗赏花，那零落于一抹抹翠碧中的绯红，像一颗颗燃烧着的善感的心灵，总要把她们的不羁与热烈，盛开成浅夏特立独行的模样。当她们幻为花神，芬芳于盛唐的国度，个性是那么张扬，才情是那么充盈，把男尊女卑的封建等级制度，冲得七零八落；女性人格独立的思想，如石榴花从中榴子初成，萌芽着新鲜与美丽。

我曾品尝过先生故居里石榴的甜美：石榴子白莹澈如水晶，果实大如碗，皮黄而透红，粒精赛玉米，明洁如珍珠，肉肥核细，汁多味甘 。也许，只有先生手植的树苗，成长在《镜花缘》的古典名著里，才会如此的卓然脱俗，品味一流。

汪家大院的老井

二十世纪九十年代初的秋天，科学院资深院士、我国国防声呐学奠基人、年近九旬的汪德昭老人回故乡古镇板浦寻根。离开汪家大院，已经近八十个年头，那幢青砖碧瓦的徽式老屋，已经被岁月的风雨，剥蚀得苔痕斑斑，古朴沧桑；可是，于落叶的翠黄中汪汪一碧的汪宅老井，却像一滴澄澈的清泪，喜迎故人归。

老人的眼中也贮满着泪花。他颤巍巍地来到老井旁，拿来扫帚，轻轻地、细细地，清扫着厚厚的落叶，青黛色的、砖砌的井栏，便静静地宛然在老人的身旁。仿佛是久别重逢的故友，老井和老人，都盈盈地噙满泪水。

老人匍匐在地上，虔诚如一位敬佛的香客。双手捧一掬井水，深情地啜饮，井水还是像儿时一样，甘甜、清冽，如蜜饯般，款款流入老人的心田……

“几处败垣围故井，向来一一是人家。”望着倒影在井水中梧桐黄色的瘦影，老人依稀忆起儿时和哥哥德耀、弟弟德熙在一起围井嬉闹的情形：春天来了，兄弟们会把印满青花的坛坛罐罐，盛满井水，把采摘来的各色鲜花插于水中，屋内便是花花绿绿的世界；夏天最热的三伏，便忙着打井里的水，把庭院湿湿地洒遍，浓荫里便洇漫着淡淡的清凉；秋风起了，就忙着扫着井栏的翠黄，不让一片叶子落入井中，沉入井底，井水便会一如既往的洁净；飘雪的日子，井口会升起缕缕气霭，温温的、润润的，兄弟们就打起井水，让家在冬的寒冷里享受着水的温度……

9岁那年，父亲去北平任职，举家北迁。临行前，母亲让兄弟三人各自拿来一个青花瓷的瓶子，满满地盛入井水，瓶口塞得严严的，说，孩子，不管将来你们走到哪里，带着这瓶井水，故乡，就会时时伴在你们的身旁……

想到这里，汪老眼中的泪水，终于簌簌地流了出来，望着掌心里的井水喃喃自语：母亲啊！您的三个孩子没有忘记您的教诲，不管身在国内，还是留学海外，这瓶乡井水，永远陪伴着我们的行囊。每每忆起老宅中的那口老井，心里，总是流淌着如井水一样的甘甜、滋润……

“衣杵相望深巷月，井桐摇落故园秋。”如今，斯人已逝，那潭老井，却依然守护着汪家大院的每一个晨昏，碧碧的，如一颗温润的灵魂。

“一门三院士，乡井千载情。”似一泓汩汩的文脉，零落于寻常巷陌里一眼眼井水，滋补着这座千年古镇文化的树，让它们愈发茂盛而健硕，如李汝珍故居里那棵参天的皂角。而以古典名著《镜花缘》作者李汝珍为代表的乾嘉名流和以“汪氏三兄弟”为翘楚的现代科学精英，便是这棵文化树上苍劲滴翠的虬枝。

滴滴乡井水，眷眷未了情。汪家大院里的那口老井，已经融入小镇人的血脉，永远鲜活于古镇岁月的深处。

板浦小北街1号

——谨以此文，纪念苏光烈士一百周年诞辰

千年古镇板浦，大小巷子纵横上百条，青石板掩映着幽深的背影，如绵延久长的古镇的文化。譬如坐落着李汝珍故居的东大街7号，譬如走出了现代科学巨擘的西顾巷里的汪家大院……

但小北街，这条老旧的寻常巷陌，却时常蜿蜒在我的梦里，斑驳的记忆，仿佛是小北街1号那椽小屋脱落的泥墙。

蛰居于沿街矗立的楼群畔，这间百年老屋显得更加矮小而沧桑。夕阳的余晖，从楼的间隙漏下丝丝缕缕，把老屋染成一幅水墨的画。

小北街1号，却是小镇人心目中一方精神的高地，总会让前来瞻仰的人扼腕，赞叹，驻足流连。因为这里，曾诞生了一位英雄，一位把青春的生命献给古镇解放事业的烈士。他就是苏光同志。

一百年前的中秋，小屋的老墙已经爬满牵牛花的蓝朵，皎洁的月光，泼洒着桂花酽酽的浓香。那一晚，陈家添了一位男丁。望着呱呱坠地的婴儿，吮着满院的花香，奶奶说，孩子就起名德芳吧，期盼孩子将来，能有一个美好的品性，像洒满床笫的桂花，款款留香。

时光追逐着日月，从小屋的檐楹悠悠地掠过。转眼间，那位陈家的男孩，已经出落成一位风度翩翩的少年。民国二十二年，刚满十四岁的陈德芳，以骄人的成绩，考入省立运河师范。学校与小北街一号，仅仅一隅之隔，却享誉于灌海盐沭。在那个多事之秋，校园却于书香脉脉中宁静着岁月的安详。“耕读一堂，得天下英才而教；弦歌四起，树乡村文明之基。”

德芳的国文老师，穿着长袍，系着围巾，脸上戴着厚厚的眼镜，是板浦土生土长的大儒，却是小镇不多的几位共产党员之一。也许是耳濡目染的熏陶，德芳的心里，一颗红色的种子，正在悄悄地萌芽。

也是秋天，红色的凌霄花，把国清禅寺黛黑色的瓦当，渲染得红红火火。学校第一个进步组织，“读书会”，在大殿里悄然成立了。陈德芳是倡导者，也是组织者。从此，革命的火种，就如烂漫的凌霄花，点染在校园的每一个角落。从此，街头巷尾，革命的标语，如红色的火焰，熊熊燃烧在小镇人的心房。这座国民党的县城，席卷着“反独裁，反专治”的浪潮。当倭寇的铁蹄，肆意蹂躏着流血的国土，昔日美丽的古镇，也在敌机的狂轰滥炸中，断垣残壁，尸横遍野。站在母校的废墟上，手捧着残砖碎瓦，德芳眼里噙着泪水，也迸射着愤怒的光芒。他和很多同学一起，投笔从戎，奔赴抗日第一线。那一年，他光荣地加入中国共产党；那一年，他把自己的名字，改为“苏光”。他相信，中国的希望之光，在苏区；中国人的未来，在苏区。

艰苦的八年浴血，终于换来了抗战的胜利。可是，法西斯的灭亡，却换不来国人的安宁。国民党反动派，又把血淋淋的屠刀，挥向人民，挥向正引领中国，走向光明的共产党。

1946 年，秋天似乎来得很早，翠黄的落叶，早早把陈土圩零落成一片萧瑟。这是一场异常激烈的遭遇战，苏光率领的几位侦查队员，被顽匪徐继泰二个排的兵力团团包围。紧急时刻，苏光让其他的同志先行撤离，自己一个人断后掩护。他几乎把手枪里的子弹，全部射向了敌人，却把最后一颗留给了自己。

秋的旷野，如死一样的寂静，如血的残阳，却把烈士依树而立的身影，映得鲜红，鲜红……

春风染绿了古镇的秋园，新中国像桃红李白开遍，绚烂着盎然的明媚。而苏光烈士墓，就这样静静地掩映于桃花深处。像小北街 1 号一样，这里，也是小镇红色教育的圣地，人们膜拜的精神的山峰。当我们徜徉于德芳社区祥和的小巷，当我们向矗立于苏光校园的苏光塑像，深情地伫望，整个小镇，仿佛都沐浴着圣洁的洗礼，庄严地默念着初心，守护着这份继往开来的使命。

中正，寻常巷陌中的别样天地

暮春时节，于桃红李白缤纷的落英里，我去拜谒一个名字叫作“中正”的村落，于零落的余存里，去寻找遗落于历史深处的文化的碎片。

中正很小，像一枚条幅，横挂于巷陌的尺寸之间；中正很偏，出没于翠绿的浓荫深处，如藏于深闺的小家碧玉。

但是，仅仅百余年前，这里却是淮北盐都中正场，是白花花的盐巴与白花花的银子汇集的地方。场署距板浦东北七公里，坐落于中正前河街二道桥西。“东连沧海，西接朐山，南襟莞水，北枕云台”，清代隶属两淮盐运分司，民国初年改为盐运使。

兴盛的盐业，像那条蜿蜒南去的盐河，成为中正经济一条血脉偾张的纽带，把偏于一隅，隐于乡野的村落，滋补成徽商云集，楼宇林立的苏北盐都。农耕文明逐渐被都市文明取代，于盐义仓璀璨的晶莹里，人文气象越发雄浑而阔大。

中正，于中守正，不为苟且。中正人，把氤氲于桑梓的这种浩然正气，内凝于品格，外化为景行。正道直行，襟怀磊然。

卞赓，清王朝最后一位武状元，“急时雷雨舒龙甲，得意风云快马蹄”。尽管贵为三品一等带刀侍卫，深得慈禧太后赏识与器重，但在同盟会反清的风起云涌中，作为二品广州总兵，民族大义超越对清政府的愚忠，虚与委蛇朝廷发来的一道道“戡乱”的圣旨。在“忠”与“义”的取舍中，他痛苦地挣扎，吞金而亡，用自己的生命，诠释着中正人“中正”的人格内涵。

朱仲琴，这位能文善诗的海属诗人，曾先后在《新青年》上发表了《海属社会面面观》以及许多新诗，深受胡适、李大钊赞赏。“春风有意抚工农，我与工农骨肉同。痛痒相关生死共，愿将碧血染丝红。”淳朴如话心语，却应和着新文化响亮的号角。抗战中，面对伪旅长重金引诱，朱仲琴高唱“短稿只吟真国士，长裾不谒伪公侯”，从容地走向黑暗污臭的水牢。十年动乱，和许多被迫害的知识分子一样，他也被划为牛鬼蛇神一类，校长被解职，回家乡中正劳动改造，却点一把烈烈的火焰，在自己的茅舍中涅槃，“刚直不阿，宁折不屈”，这就是中正人的骨气。

中正，中庸为道，不偏不倚，是中正文化的精髓。文武之道，并驾而行，而致中和。

武能安邦，武状元卞赓，“为官清正廉洁不辞劳辛抒民国，治军理政有方乐于奉献卫海疆”。尽管，武状元府与卞赓墓早已化为尘土，御赐的状元腰刀、盔甲、插花也被岁月的风雨淘尽，但“精武”“尚勇”的灵魂，如日月经天，江河行地，永远涵煦着这片古海州的一隅。

文可治学。精勤书院，是近代古海州书院的滥觞。清光绪己亥年（1899年）海州正堂鲍毓东、淮北盐运使彭家骐和中正场大使陈汝芬创建书院，取意业精于勤，故名“精勤书院”。1906年精勤书院改为精勤学堂，辛亥革命后精勤学堂更名为精勤小学，成为连云港市历史最久远的一所学校。

“中正二乔”即乔绍侨乔绍傅兄弟。乔绍侨，嘉靖庚申科（1820年）乡试中举，纂修《嘉靖海州直隶志》；乔绍傅著有《经学撷要》14卷、《古朐考略》12卷末1卷、《泉乘》6卷、《书泉纪梦》1卷、《二十一史摭遗长编》36册。

“中正才女”刘清韵(1841—1915)，擅长诗词，精通书画。她的《小蓬莱仙馆传奇》《小蓬莱仙馆曲稿》《小蓬莱仙馆诗抄》《瓣香阁诗》等二十四部传奇作品，被收入《中国大百科全书·戏曲卷》。

中正，现今人口不足万人，面积仅仅几平方公里，寻常巷陌中，却有别样的天地。那些湮没于流年的中正文化，好像暮春的风雨里零落一地的花朵，曾经的惊艳，等待着我们小心地捡拾，呵护与珍藏……

雨巷，再不见丁香花开

撑着油纸伞，独自彷徨在悠长、悠长又寂寥的雨巷，我希望逢着一个丁香一样地结着愁怨的姑娘……

仿佛是一幅画，写意在故乡的烟雨里；又如一场梦，缥缈在乡思的心海中。境界层层，一条雨巷婉约着幽幽的柔情；春意缱绻，一枝丁香落雨中结着深深的愁怨。

幽深幽深的雨巷，悠长悠长的雨线，还有飘落着晶莹的油纸伞，跌落一地的叹息声，摇曳篱落的丁香花……一切都是那么妥帖，那么诗情隽永。这条点染着青黛色背景的雨巷，是我梦里古镇郁结的衷肠。

这条郁结的衷肠，蜿蜒在我思念的河流中。那棵树龄已逾二百岁的皂角，还是把翠绿的浓荫，泼洒在小巷的深处吗？那位用如椽巨笔，创作出古典名著《镜花缘》的小镇文学大师，还在见证着小巷的风雨沧桑吗？那条在夕照中古色古香的西顾巷，还在回忆着从这里走出的新中国科学翘楚“汪氏三杰”吗？……

揣着这些洇湿着乡思的梦想，在暮春的谷雨中，我走进故乡小巷的迷茫中。

正是丁香花开的时节，一切似乎都是天造地设的《雨巷》的意境。

恍惚间，撑着油纸伞雨中徜徉的我，也依稀邂逅一位如丁香一样，结着愁怨却散发着芬芳的姑娘。

可是，一条肥硕的西洋狗，摇着尾巴，瞪着眼睛，噘着牙齿，径直地向我冲过来。我慌忙间把伞收起，紧攥在手里，权作一条打狗棒，眈眈相向，准备好一场即将到来的人与狗的搏击。

一个女人却适时地站在我与狗之间，好像做这场人狗决斗的裁判。看到我两腿颤颤，满面惊恐的模样，她扑哧一声，笑了。掏出纸巾，一边帮我擦着脸上的汗水，一边帮着大狗擦着毛茸茸的雨水，顺手一牵，冲我嫣然一笑，女人与狗，便消逝在颓圮的篱墙中……

篱落的一隅，于雨的迷蒙中，模糊着几点嫩黄，是丁香花带雨初放吗？定睛看时，却是一块悬挂于篱墙上的招牌，歪斜着“深巷卖肉”四个黄漆涂抹的字。牌下，一个很丰腴的女人，正诡秘地朝着我笑。

已经临近傍晚，雨巷深处，霓虹灯也越发显得扑朔迷离。“足香阁”“足味堂”……一个个很香艳的招牌，在斑驳陆离的霓虹里越发妩媚。小屋里不时响起的很妖冶的笑，让雨巷和我，禁不住在冷雨中瑟瑟发抖起来。

跌跌撞撞地走出来，回望雨巷，却变成了一条色彩斑斓身子长长的美女蛇。似乎正对着回乡寻梦的游子，含情凝睇般挑逗的笑。

雨巷，丁香花开不再！

春来校园听鸟鸣

这是一所已逾百年的苏北名校，校园很多自然和人文的景观，都于幽幽的岁月中镌刻着历史的厚重：譬如双臂合拢才能抱得过来的雪松褐色的躯干，譬如千年古寺风雨沧桑的流韵，譬如在花木扶疏的掩映中错落有致的楼台亭阁……

造化钟神秀，好鸟恋名园。当春风吹过，春暖花开，菁菁校园，便成为鸟儿们栖息嬉闹，翩然幽居的天堂。

被晨曦的柔光轻轻拥抱着的黎明，飘落于校园的一瞬，便被花香和鸟语沉沉地托举起来。晓风袅袅，鸟语款款，撇下书本，暂且受用这鸟儿啁啾的清丽好了。

清明刚刚过去，清凉的雨水落处，燕子们便结着伴儿，从南方展翅归来。

国清禅寺的青砖黛瓦，总是她们醉心的流连。新春的窠巢，搭栖在纵横的梁柱间，雄飞雌从，衔泥穿梭着忙碌，一声声深情的呢喃，似乎是她们爱的细语柔情。

燕子们栖居的这座古寺，不也是小镇人于漫漫的流年中，用虔诚与血汗，垒筑的一方精神的皈依吗？从晨钟暮鼓的禅音中依依缭绕的青烟，到书声琅琅中新式教育的启蒙；从宋元丰年间梵音佛诵的宗教圣殿，到民国初期海州第一高等小学萌生的摇篮；不管是释迦弟子的静习禅定，还是蒙童学子的潜心向学，千余年来，苦行僧也好，求学人也罢，总是用他们不懈的心智追求，在努力搭建着一座普世的精神殿宇，如同梁间紫燕孜孜地筑巢：新窠、破落、再重建……小镇人仿佛是一只只于春来秋往中永远忙碌着的春燕，惨淡经营，生生不息着如国清寺一样厚重的人文的灵魂。

正午时分，春的阳光，垂直地照耀着红星阁的琉璃，阁顶便像红星一样，闪闪地四射着金色的光彩。近年，一位名字叫“红星”的校友，因在纳米光学上出色的研究，被共和国科学院光荣吸纳，成为一名院士。也许，这就是“红星阁”赝名的缘由。

午休闲暇，春阳正好。同学们总喜欢登阁徜徉，读书，赏花，听鸟，怡情……香樟树里、桃花瓣上，紫荆条间，青草丛畔……不同的鸟儿相向和鸣，或婉转，或悠扬，或急促，或尖厉……总要把她们心中贮存的春天的故事，深情地表达。

声声鸟语的迢递中，香樟的叶子越发葱茏嫩绿，桃花的嫣红跟着灿烂起来，而拱卫着阁子的草色，似乎和天光云影连成一片……

正因为这些报春的鸟啼，才晕染着红星阁绿意深深的美丽；正因为一个个英才的脱颖而出，校园的春景，才如此美不胜收，让人心旷神怡。

其实，随意流连校园一隅，总有花香鸟语的美好沁入心脾。逸趣亭檐楹玲珑，画眉、黄鹂、斑鸠……就叽叽喳喳着雀跃其上，或觅食，或筑巢，或嬉闹，灵动的艳羽，写意着一道道七彩的弧线。清韵楼中时而飘出的钢琴的音符，丝丝缕缕，如一泓涓涓流过的酒泉，沉醉了这些毗邻而居的生灵。

芳菲亭竹影婆娑，画廊迂回，这一方清幽，便显得含蓄而深沉。一些山雀，就把她们的窝儿，安在密密的竹叶之间，很像离群索居的隐士。白鹭们可不如她们超然，素白的影子，时常在浴德泉畔飘忽，倒映在碧碧的池水中，如湛蓝的天幕中舒卷着的白云。

而一些恣情的大鸟，譬如山喜鹊、杜鹃、鹧鸪……总喜欢栖息在雪松细密的针叶间。她们一叫起来，嗓子间好像盈溢着清澈的水，甜甜的、柔柔的、亮亮的，从浓荫中轻轻落下，让走在博士路上的师生们，心也沉静。

仿佛是松荫下清泉一潭，在鸟儿的轻唱中，这座百年老校，越发蕴藉而厚重。云水净土，桃源生香，是万千学子心灵的皈依。

赣榆赋

少昊苗裔，神鸟圣墟。怀仁故郡，瀛洲仙境。帆影如云，凤凰翔集。北依齐鲁，多慷慨悲歌之风；南面吴楚，尽风流大雅之韵。圣贤云集，俊采星驰。子贡南游，万松晾书留迹；始皇东巡，秦岛籀字遗香。片帆远影，徐福扶桑播慧，苦心孤诣，敏轩《儒林》砭媸。

怀我先祖，傍海而居，逐潮而生。渔舟纵横鲸波，臂膀承负山峦。筚路蓝缕，茹苦含辛。捕鱼虾为口中食，晾盐鹾作囊中资。浊汗淬炼，勤勉耐劳，蔚然而成；碧血倾洒，克己坚忍，泠然铸就。立德源远，力行流长。暴霜露，渔耕不辍；斩荆棘，盐桑未艾。东夷蛮荒，渐染文明；蕞尔渔村，富庶一方。

沧桑万古之邦，富神奇之景。山海相依之域，多峥嵘之胜。登山则情满于山，观海则意溢于海。吴峰望日，朝霞与群鸥齐飞；文峰夕照，炊烟共山岚一色。石梁仙迹，钓台偎琴韵悠悠；泊船锦缆，花海依石舟巍巍。兴庄夜雨，骤降甘露；夹谷莺啼，时闻天籁。斯情斯景，成诗入画。彼山彼水，天下独绝。

至若美食，琳琅庖厨，参差宴阁，争奇舌尖，名噪遐迩。主食煎饼，其薄如纸，其脆如酥，嚼之有味，藏之无期。若辅之以油条、凉粉，卷之以大葱、鱼干，则齿颊生津，余味三日，萦绕不绝。粥曰“糊涂”，品类盛而风味足，豆沫、瓜干、大米、粉末……不一而足，皆咸淡有致，韵味无穷。若婚丧嫁娶、贵宾莅临，则山珍入菜，海鲜成肴。对虾肥硕，鱿鱼脆嫩，海鳗细腻，螃蟹鲜美……大快朵颐，饕餮果腹。

子贡书台，郁郁乎文，书香一脉，润泽千秋。海州湾白浪滔滔，文思滚涌；夹谷山长风浩浩，书声如潮。焚膏继晷，园丁春蚕吐丝；凿壁偷光，学子只争朝夕。栋梁出而名校立，业绩繁而美誉至。得八方英才而育之，为万世表率而已矣。

乡贤方敬，献热血于故土，助寒门以立学。捐巨资而尽囊中，献大爱而穷一生。鞠躬尽瘁，情满桑梓青山在，死而后已，魂归故里绿水流。道德翘楚，日月经天；中国好人，江河行地。

与日月兮同光，抗日山丰碑永存；与天地兮比寿，青史间英灵长在。碧血横飞，草木为之含悲；浩气四塞，风云因而变色。魂兮归来，一片忠诚守初心；岁兮安好，万众同心记使命。

有激情，黄海杨帆斩风浪；敢担当，吴山压肩挺腰杆；能落地，种子入土开鲜花。

励精图治，创千秋之伟业；快马扬鞭，怀百代之梦想。黄海弄潮，方显英雄之本色；大鹏展翅，尽展神雕之扶摇。

大美兮赣榆，福祉无疆；皇天兮后土，长乐未央。

红星阁记

丁酉仲秋，徐公红星拜科学院院士。徐公者，海灌人，尝采芹于吾校，高尚士也。修为如是，誉泽同黉。越明年，乃建“红星阁”，以旌其所为，而励后学之志也。

夫楼台亭榭、廊阁碑坊，莫不缘事而兴，依人而盛，因文而名。子安作序，滕王阁芳华千载；崔颢留诗，黄鹤楼载誉六合；至若岳阳楼风高万古，醉翁亭德润八荒，皆希文、永叔泼墨书记之功也。

红星阁高不及三寻，纵横仅容半垧，居校园之一隅，揽风景之尺幅，非有名阁之制，俊亭之伟。若淡妆裙钗，隐于乡野。然映貌之玲珑，雕梁之精巧，花圃之别致，菁菁然皆有可观者。

熹微初显，好鸟鸣晨。则学子如云，逐草木葳蕤；书声如潮，随朝气洇漫。或檐下伫立，临风吟哦；或阁中静坐，掩卷沉思。小鸟依依啄食，人至不去；花树款款飘香，风过盈袖。

日中时分，多有学子阁中假寐，花香沐于身，小鸟栖于畔，香樟荫于上。周遭寂寂，光景深深，诚可养六神，净五脏也。

至若日暮，华灯初上，檐楹则霓虹迷离，幽径皆明。师生游园，或促膝长谈，或喁喁低语，或灯下漫读，流连忘返，也一乐也。

阁前百余步，有泉焉，曰“国清古井”。板浦濒海，富鹾卤，水多咸涩，唯斯井之至清至洌至甘，盖有神灵之荫庇乎？

阁东南向，有国清禅寺焉。始建于宋，千有余年矣。梵音佛诵，青灯香烟，为释氏净地。至民国初年，始为庠序，复建书院，名曰“敦善”。滔滔文脉，源远流长，则百年老校，底蕴可知矣。

嗟乎！“山不在高，有仙则名，水不在深，有龙则灵。”斯阁虽小，唯桃李之才厚、德馨。溯吾板中，薪火相传，筚路蓝缕，百有余年矣。虽偏居荒远，屡遭踬踣，终育人不辍，俊采星驰，脱颖如徐公红星者，乃万千栋梁之一也。“崇真，敬业”，诚一校之魂也。

感于此，作《红星阁记》。

庚子仲秋

浴德泉记

桃李园中，阅秀亭畔，有浴德泉焉。其圆如磐，其澄如鉴，盖以“儒有澡身而浴德”名之。

初，修园植林，有主政者曰：“人有二目，故能动秋波；然环顾校内，止存一井，曰国清，若复掘池为泉，双璧辉映，莹莹乎必有灵气也。”众皆称善，灵泉遂成。

上善若水，乾坤承其柔。清流澡身，泉水浴德，故沧浪之水可濯缨，山野之泉可悦性。趵突漱玉，易安词成；二泉映月，阿炳曲工。至若山泉相染，沙水共生，诚谷石卷珠帘，敦煌生新月也。

浴德泉既生园中，依桃李，映苍穹，故彩云为其裳，花木美其容。日月之行，若出其中。星汉灿烂，若出其里。伟楼股肱于侧，潋滟相接；秀亭相偎于前，檐楹照水。

晨昏日中，作息课闲，时有二三学子，青青子衿，游于泉畔。或近水凝眸，赏鱼翔浅底；或临风吟哦，听满园滴翠；或凭栏骋怀，念天地悠悠；或掬泉酣饮，品人事沉沉。一颦一笑，见诸泉表；深思涵咏，发诸泉中。韶光悦雅兴，泉影空人心。

泉南向，有博士路，撷英才之赫赫者，列其左右，以励后学。上溯书院曰敦善，板浦兴学，百有余年矣。桃李万数，才俊百千，“浴德塑魂”，诚立学之本也。

因为《浴德泉记》，感慨系之。

庚子仲秋

花上人情

“一粒沙里见世界，半瓣花上说人情。”因为四季有鲜花相伴，岁月才美丽如初，香气盈盈。

花有花的生命，花有花的品格。当姹紫嫣红开遍，一朵朵芬芳摇曳在我心中，每一枚花朵，仿佛是姑娘灿灿的笑靥。

于是，她们已不是自然的女儿，而是人类大家族的一员。在风情万种的妩媚之中，我更欣赏不同的花儿蕴含着的美丽的品格。

做人如花，这个世界该会多么的温馨、可爱、美好！

素衣闲坐赏杏花

淑气催暖发春华，陂水参差两三家。一帘絮影轻似梦，素衣闲坐赏杏花。

赏杏花，是一枝杏花春带雨沾衣欲湿的缠绵，是雨巷深处卖杏花深情款款的轻唱，是红杏枝头闹春风雀跃花蕊的春意，是杏花疏影弄长笛一夜盈盈的月明……

牧童嘹亮的短笛，把杏花吹到春雨的枝头。他鞭儿一指，杏花村里杏花酒便于无边的细雨里悄然生香。酒旗湿湿地招摇着，柳条依依地摆动着，垆边卖酒的村姑，粲然一笑，便盛开一朵莹莹的杏花白。

风儿起了，像白玉条一样静卧池畔的杏花，便纷纷扬扬地飘起一场杏花雪，把一池春水印染成冰清玉洁的模样。她不屑归于尘土零落泥淖的下贱，也无意漫撒九天转作蓬草的张扬；杏花一飞，便是三春的诗意烂漫，一落，便是一地晶莹的满袖芬芳。

一夜听雨，那条悠长悠长的小巷，已经被染成青黛色的深沉。可是，那一声声叫卖杏花的轻唱，却把一巷幽深漫天细雨，渲染成莞尔浅笑的淡雅。一袭蓝格青衣，一脸笑靥如花，一篮杏花带雨，声声染香浅唱……

别一枝杏花胸前，衣襟淡淡留香；插几朵杏花发上，黑色的瀑布便有几点白云缭绕。

谁说世味薄如轻纱？杏花盛开的日子，便馥郁着人情的美好。

绵绵柔柔的春雨过后，青石板上已经覆满斑斑青苔。絮影轻飘，柴门深锁，像一泓幽幽的潭水，院落封尘着岁月的静好。可是，杏花们却耐不住寂寞的缠绕，她们有的爬上围墙，婆娑着一抹抹红艳艳的倩影；有的，顽皮地把春景捎上枝头，嬉闹着春和景明的妩媚。

隐于花底的黄鹂，偶尔婉转着几声轻唱，几朵落红，便划出几道飘飘洒洒的弧线。

那位喜欢拈花微笑的红杏尚书呢，是否还在岁月深处，浅唱低吟着花事染红留白的况味？

谁家玉笛暗飞声，散入杏花月深沉？溢满一地的月光，让杏花的疏影，白描出一幅境界层层的写意的画。是多少堆砌的心事，让吹笛人把笛音袅袅地洇漫到天明？

露水冷冷，衣衫湿透，长笛吹彻，管内生寒。撒落一地的杏花白，是凋零的过往随风，还是蕴贮心头的陈年的心事？

落花无语，杏花雨还是那样，不紧不慢地飘落。是心中事的缠绕，是眼中泪的滴落，还是意中人飘着香味轻轻的叹息？

就让一袭素衣，如杏花一样纯纯地留白。不管岁月风起，还是人生潇潇雨落。

春在溪头荠菜花

“新芽初生嫩叶茸，扎根原在冰雪中。染绿春风天涯满，欲泽苍生意万重。”如果要问，早春中哪一种野蔬最接地气、最富营养、最受人们的青睐，便是那些如星星一样，撒落在田头河畔翠生生、绿油油、嫩汪汪的荠菜了。

崇尚野趣，皈依自然，于早春初融的冰雪中，采撷一篮嫩绿，品尝几叶清香，朵颐一口时鲜，是果蔬匮乏一冬的农耕人最幸福的饕餮。荠菜粥饭，米也白白，菜也青青；粥香中有米香的浓，菜香的清；荠菜饺子、荠菜馄饨、荠菜春卷……洇漫口中的，是来自原野的芬芳，是严寒发酵的春华，是自然之于人事最美的馈赠。

“古柳溪头枕断槎，横篙挂网几渔家。得鱼去换红蒸米，呼子来挑荠菜花。”打鱼归来，横篙挂网；有忙有闲，有鱼有米，很富足很惬意的渔人生活。可是，还远远不够，早春的餐桌上没有荠菜，便没有时令的鲜，大野的味。“呼子来挑荠菜花”，仿佛听到大人们一声声急急的呼唤；仿佛看到垂髫孩童提着竹篮，嘻嘻哈哈、蹦蹦跳跳，在绿意融融的原野中恣情地寻着、挑着、盛着、乐着……

“榆羹杏粥谁能办，自采庭前荠菜花。”榆钱煲羹，杏仁煮粥，荠菜做馅，很有劲道的野味，很有情趣的野味的日子。

因而，文人墨客，总喜欢用荠菜的清香，去晕染翰墨素笺诗词的流韵："时绕麦田求野荠，强为僧舍煮山羹。"为尝一撮荠菜野味，东坡居士遍绕麦田，用心寻觅，情何拳拳！"长鱼大肉何由荐，冻荠此际值千金。"在放翁先生看来，半畦荠菜，一缕菜香，比长鱼大肉更可口，更入心，更动情。"三冬荠菜偏饶味，九熬樱桃最有名"，荠菜，似乎已经是"扬州八怪之一"郑板桥品之不舍，咀嚼再三的人间至味了。

可是，我儿时挑荠菜的记忆，却是涩涩的，如一碗没有调料的荠菜汁。早春二月，青黄不接，树上的榆钱、河中的水草、田里的野菜……一切可以用来填饱肚皮的东西，都成了救命的稻草。散落于白草间的荠菜，青青如一棵棵绿色的希望，总能让一张张菜黄的脸，漾起久违的笑靥。

"二月二，挑荠菜，荠菜包饼筋拽拽；三月三，挑得欢，挑来荠菜当灵丹。"……闻着竹篮里绿油油、嫩汪汪荠菜的清香，我似乎在咀嚼着母亲做的荠菜饼的香味，不知不觉间，一抹甜甜的滋味，在口中生津；辘辘饥肠，"情绪"也似乎暂时平静下来。

"宝阶香砌何曾识，偏向寒门满地生。"是啊，一抔泥土，不管怎么贫瘠，只要有一米阳光，一滴露水，荠菜，便扎根其中，上依日月，下接地气，中沐春风，尽情吮吸着每一丝营养，招摇着生机勃勃地生长。

荠菜，是平民的菜，出身卑微，却给和她一样卑微的人们，苦难中活下去的希望。

因而，春天的使者，不在桃红柳绿，不在莺歌燕舞，"春在溪头荠菜花"。

海棠花，香淡色浓清韵远

淡雅的女子，不着粉黛，举手投足间，却自有一种风流韵致。恰如一朵染春的海棠，尽管香气淡淡，却红装掩映，秾丽多姿，谓为“国艳”，自是花中第一流。

人们总喜欢用国色天香的牡丹，赞美杨贵妃丰腴的美丽，便是诗仙李白，也膜拜于她的雍容。“云想衣裳花想容，春风拂槛露华浓。”看到彩云，便想到贵妃的锦绣；流连牡丹，便浮想着贵妃的笑靥。

可是，在唐玄宗眼里，最美的贵妃，是“海棠春睡”后的鬓乱妆残，自然的纯净。一场沉香亭侍宴的惊艳，让海棠花质朴的美，穿越了秦汉，唯美了盛唐，于诗风词雨里，洇漫成香。

一花自然万古新，脂粉褪尽见真淳。淡淡其香，灼灼其华，从此，摇曳在性灵深处的海棠花，如月夜浣纱的村姑，盈盈一身月光，绰约着人性中最美的芳华。

“东风袅袅泛崇光，香雾空蒙月转廊。只恐夜深花睡去，故烧高烛照红装。”银烛流光，映照海棠一身红装，像洞房中的新娘，羞赧地偎依着如意的新郎。东坡居士守候拳拳，顾盼依依，像凝视着生命中的挚爱。也许，只有海棠，会让他暂时忘却终年的断肠：明月夜，短松冈。

“昨夜雨疏风骤，浓睡不消残酒。试问卷帘人，却道海棠依旧。知否？知否？应是绿肥红瘦。”一夜风雨，落红满径。卷帘人还在沉沉地睡着，易安居士却于淡淡的醉意中，辗转着踟蹰：韶华渐逝，红颜易老。昨天还是灿若海棠的红艳，今天，却如红雨一样，簌簌地凋零。任绿叶肥，红花瘦，人儿共清癯。

“春风用意匀颜色，销得携觞与赋诗。”海棠清韵悠远，她的生命，润泽于素笺翰墨，也根植于一方方精神的高地。海棠诗社，诗心琴韵，晕染了一阕红楼多少如梦的佳话；中南海西花厅海棠依旧，是否是逝去的人红心沥血，款款眷顾？还有茕茕孑立于《花镜》中的那株海棠，是否是闺中人怀人不至，涕泪洒地，遂生此花？

群花有信，海棠无语。唯有那一抹抹火焰般热烈的红韵，于岁月枝头，熊熊地燃烧。

玉兰花，皎皎白霓裳，款款玉生香

皎皎白霓裳，款款玉生香。绰约临风发，冠绝万里疆。

当杨柳风摇曳着早春的清寒，天地间还在酝酿着依稀的春讯，玉兰花却青白片片，银光耀眼，一树花开着绚丽与灿烂。

二十四花信风吹拂在二十四节气里，让流年的光景里，总是缤纷着花的色彩与馨香。

立春之第三候的代表花信风即是“白玉兰仙子”。株禾伟岸，玉树临风，俊采星驰，宛若天女散花，满枝妖娆。花朵肥硕、花色明艳、花枝孤高、花质纯洁：白玉兰，愉悦着古往今来花事的审美，也契合着文人墨客高格的追求。

因而，她盛开在诗词流韵里，是“朝饮木兰之坠露兮，夕餐菊之落英”《离骚》的高洁；是“木兰花令”“木兰花慢”“减字木兰花”“偷声木兰花”……一阕阕飘香的词牌；是“羽衣仙女纷纷下，齐戴华阳玉道冠”的风流潇洒。绰约在丹墨青瓷里，是《玉堂富贵图》的富丽堂皇、如意吉祥；是《玉兰图》的“仙葩九瓣，灵岫一株”。

然而，我更喜欢那一株株怒放于人间烟火里白玉兰的自然之姿。

流连花下，花盛如海。或偃仰啸歌，冥然兀坐，仰观花盛如瀑，俯听万籁有声；或知己偕聚，把酒临风，颓然而醉。迷离中，有白衣仙子衣袂飘飘，肌肤若冰雪，绰约若处子。吸风饮露，乘云气，御飞龙，游于琼楼玉宇之中，碧海青天之外；或于茂林修竹间植兰于亭，群贤毕至，少长咸集。诵明月之诗，歌窈窕之章，游目骋怀，极视听之娱……

多想羽化成一枝皎洁的花朵，开成白玉兰的模样。款款舒展，像白莲花一样禅意深深。一棵菩提身，一颗玉兰心，化身佛，报身佛，法身佛，一片莲花葳蕤的净土。

白玉兰的花语是“感恩”。修身至于白莲花一样的冰清玉洁，臻于佛境，尚且心存感念，恩泽万物，何况蜉蝣天地，沧海一粟的芸芸众生？

文竹，清雅成文，有节若竹

一从袅袅案边盈，清韵依依点室宁，细叶层层说云趣，纤枝茎茎显竹情。

淡墨疏窗，诗书叠案。如果移来一抹文竹，青青掩映，盈盈婆娑，便是书香一景，文房绝佳的点缀了。

文竹之美，在于“文”。

流连书影，亲近墨香，郁郁乎文，似乎一枝一叶，一姿一容，都晕染着诗词流韵。雅室一隅，如隐隐人家。小桥、流水、藤萝、鸟啼……这些很精致的自然之景，便是田园生活最诗意的修饰。文竹之于书屋，大类于此。仿佛桃花源里的落英缤纷，蓬莱阁中的祥云舒卷。

低眉俯首，恬淡隐忍。一米阳光、一缕清风、一把泥土，文竹便静静地生长。默默地守候着清浅的时光，玉立着淡雅的模样。叶子如羽毛，一簇簇、一层层，翠翠的、细细的、软软的、茸茸的，像云雾、像瀑布、又像雨伞，谦谦如“竹中君子”“文雅之竹”。

新花如米小，也学牡丹开。文竹谦恭内敛，却倔强地绽放着生命的花朵。西风轻漾，细密的叶间，便碎碎地露出六角绿色花瓣；随着，一粒粒小而清淡的白花，便如满天星斗，恣意地在柔条上泼洒；不久，翡翠般黑亮的浆果，就密密匝匝地簇拥于这抹生命的摇篮。

生命的一树花开，不在于伟岸的体魄，更在乎淡泊超脱的情怀。

文竹之美，在于“节”。

虽为“文竹”，却不是竹科，是天门冬科攀缘植物。骨性轻柔，姿容曼妙；即使这样，她“纤枝却见松竹骨 柔叶也含云水心”。心依阳光，努力向上。哪怕是一丝温暖，半寸柔光，扰扰绿云，都尽情着葱茏，蓬勃着拔节。触须的方向，永远是更高更远的向往。

身心安处，是一脉书香的洇漫，一方天地的清幽，一点竹心的纯净。婀娜乐生，横眉苟且。哪怕是一支焦油的侵熏，一念无意的猥呷，都会枝枯叶黄，奄奄乎猝然而逝，“身难洁，毋宁死”！

文竹花语是“永恒”“纯洁的心灵”，便是淡然里气节从容，轻盈间儒雅笃定，简单中玉洁冰清。

流苏春满一树雪

春日展卷，偶读张爱玲小说《倾城之恋》，在深深地惊艳女主人公白流苏如名字一样美丽的同时，更叹息她“赌博”命运的果决。似乎不可挽回不可更改的生命悖论，让她从白公馆的挣扎中走出来，开始了她个人生命的时间；当她陷于无垠的“爱情迷宫”时，一座城池的沦陷成全了她……

流苏一样白皙的面庞，流苏一样洁白的灵魂。一恋，便倾心，更倾城。

南风吹过，清香如水，溢满书房；而一枝流苏莹莹的素白，也摇曳着钻进那扇雕花的轩窗，把点点落蕊，于书案上款款柔柔地泼洒……

春已阑珊，但院井中姹紫嫣红，“百般红紫斗芳菲”。因为一本书，爱上一个人；因为一个人，爱上一种花。就让流苏清韵，在我的心中，深情地留白。

也许是流苏花型的玲珑，自古以来，人们就摹着她的模样，制成了很多被称作“流苏”的饰品。颜色却由纯白演绎成花样色别的斑斓。质地大多是五彩的羽毛或者丝线，像穗子一样，点缀着裙边下摆。爱美的女子，便把流苏饰于发鬓，唤作“金步摇”。帝王们以珍珠串成冕旒，是头上的流苏，更是另一种的尊严与气派。

因为这样，在有些民族，流苏演变成一种图腾，一种崇拜。古鲜卑族部落就有“流苏”姓氏，复姓“慕容”，就是其后裔，只是姓氏流变罢了。

“锦瑟无端五十弦，一弦一柱思华年。”古代的瑟、琴，是一种乐器，更是文人们标格品位的外在形式的表达。因而，这些乐器，往往与他们的审美、情趣甚至是生命融为一体。古琴轸穗也叫流苏。其长短和色泽有讲究，且有道理。所谓“道家崇玄色，释门尚姜黄，才子香红佳人绿”。

一种花，让芸芸众生因其名，得其形；让贵为帝王饰其冠，立其威；让高士名家缀其琴，托其志，万千花树，只有流苏了。

心有莲花，岁月染香

总惊艳于南海观音一袭流素，身坐莲台，接引众生，循声救苦的佛光普照。于舒卷的祥云中盎然怒放的莲花，仿佛是流光溢彩的云霞，总会在每一个月光皎洁的夜晚，依稀落入我的梦中。恍惚间，就会看到从莲的花蕊中，蹦出许多扎着髽髻，穿着肚兜，像藕一样白白胖胖的福娃，叽叽喳喳地绕着我的床儿嬉闹……

佛说，每个人的心中都有一朵清静的莲花。有沉静的眼，平和的心，不管人间有多少苦难，多少坎坷，莲花盛开的地方，总是云霁风轻，岁月染香。

一泓清流，从南朝的南塘婉约而来，柔柔的、亮亮的，像姑娘们束于腰间的纨素。一袭绿裙，一枚田田婆娑的荷叶；一双明眸，一湾清澈澄碧的秋水；一张笑靥，一朵莞尔吐艳的莲花……“采莲南塘秋，莲花过人头。低头弄莲子，莲子清如水……”唱着《采莲曲》，船儿在密密的荷叶间出没，荷塘便不时划出一道道凝碧的波痕。

这个时令，是采莲的季节，也是红男绿女酬唱相思氤氲情爱的最美时光。那潋滟波光的莲花，仿佛是一颗颗青春驿动的心；那鼓胀着清香的莲子，又像是爱情初结的青涩的果。还记得目光碰撞的一瞬间，羞红的脸，如莲花一样娇艳吗？还记得一低头的温柔，像莲花不胜凉风的娇羞吗？还记得插于发鬓间的玉簪，于低眉间悄然落于水中的惋叹吗？

流水脉脉，莲花无语，只有“怜子”心清如水爱的表白，永远纯净如莲，绰约在每一个少男少女善感的心灵深处。让晕染着荷香莲韵的流年，握着终身相随的暖，把一个个平淡的日子，梳理成一道道诗意而浪漫的风景。

因为“出淤泥而不染，濯清涟而不妖”，千百年来，莲花，一直以洁身自好的清纯，成为士大夫执着的品质追求，是摇曳在他们精神高地上最美丽的花朵。

诗人屈原，“制芰荷以为衣兮，集芙蓉以为裳”。以碧碧芰荷皎皎莲花，寄寓自己皓皓之白耿耿衷肠。也许只有烂漫地葳蕤于汨罗江畔的尖尖小荷，才会让他有融身青荷赴身清流的决绝。因为他坚信：“不吾知其也已兮，苟余情其信芳！”正如一轮红日被乌云遮蔽，点点青荷没于水中，只要光芒在，荷香存，自身的美质，一定会昭然于世，流芳于后。

也许是屈原精神的浸染，追求品格的脱俗，成为士大夫人文情怀最高的审美。他们流连着拳拳荷韵眷眷荷香，仿佛是襁褓中的婴儿依恋着母亲的乳香。

“荷叶出地寻丈，因列坐其下，上不见日。清风徐来，绿云自动。间于疏处，窥见游人画船，也一乐也。”在荷叶中归隐，在荷花中俊赏，在荷香中陶醉，如同“竹林七贤”寄身幽篁，仰偃啸歌般的超然，五柳先生采菊东篱，悠然南山的幽远，莲花盛开的地方，是纯美情愫心灵的皈依。因而，是理性必然也好，还是兴致偶然也罢，那方清流荡漾、绿叶挥洒、红莲吐芳的荷塘，总是如菩提婆娑，镜台荧荧，安暖着心灵最柔软的归依。“误入藕塘深处”，“沉醉不知归路”，便是魂依莲花醉意的表达。

笑看花开是一种好心情，静看花落是一种好境界。只要莲花于心灵四季开放，人生历练的心路，便倾洒一片清香。

紫藤花开紫气来

应怜东风逐春来，桃红李白次第开。唯有紫藤看不足，一身高贵醉情怀。

红红火火闹春光。春色的主旋律，绯红是永恒的基调：桃花红艳艳的烂漫，海棠红粉粉的妖娆，虞美人红灿灿的绰约临风……一切春天里盛开的妩媚，总是把万种风情，一地锦绣，托付给那一方澎湃着红色的绚烂。

落红如雨，总是把阑珊的春意，零落成淡淡的忧伤，如一阕宋词小令的清婉。

这个时候，深深庭院之中，幽幽小巷一隅，荫棚翠碧深处，便婆娑着一群群紫色的蝴蝶，热热闹闹地临风摇曳，于落花的飞谢中，盎然怒放，把紫色的云朵，一簇簇地铺展在藤萝羽状的绿叶之上。

就这样一嘟噜一嘟噜招摇于藤蔓之上，一串串如紫色的葡萄。风儿起了，馥郁的花香，引了成群的蜜蜂来采蜜，她们贪婪地吮吸着淡紫的花蕊，好像啜饮着紫色的乳汁。

黄鹂们喜欢把自己甜甜的婉转，浸染在紫藤花甜甜的香味里，她们总是把雀跃的丽影，于花海深处写意地灵动着，好像这里，才是艳羽们最诗意的栖居。

紫藤花落的日子，地面上便漫洒着一层厚厚的落英。姑娘们就会提着竹篮，拿着笤帚，成群结队地来清扫落花，把紫藤的落蕊轻轻带回家。缝进枕头里，鬓发便款款生香；撒落深闺中，满屋便温馨浪漫 。

花落后的光景，屈曲的藤蔓上，葳蕤着盈盈的翠碧，像绿色的瀑布，把一汪清凉，投注一座座寻常的院落；又像一扇扇屏风，把喧嚣隔于篱落之外，把清幽带回清淡时光。

煮一壶香茗，闲看袅袅的茶香，在紫藤枝叶间萦绕，倾听墨绿深处鸟儿的啼唱，便想着要翻开一卷书，细细地吟哦；调弄一把琴，轻轻地弹奏；或约二三好友，对弈，品酒，谈天，说地，论古今……

日日深杯酒满，朝朝庭院花开。自娱自乐自开怀，无拘无束无碍。紫藤花开，就让花香洇漫岁月芳华；紫藤花落，满枝葱茏，就会晕染出一泓泓浓郁的翠绿，让一颗颗心灵不再染尘，让流年永远如这般安好。

木香花开，香雪如海

花似繁星插满头，攀到高处显风流。身如香妃惹人醉，倜傥乾隆解千愁。

春已阑珊，花事渐减。花谢花飞，落红成雨，却于红消翠减零落的物华中，苒苒写意着木香花白玉般恢宏的锦缎。一架架，一簇簇，一椽椽，把葳蕤的花海，绵延到天涯。

像泼洒一场飘香的暴雪，篱落旁，深巷中，溪桥畔……仿佛一夜之间，便灿然铺展起白花花的一片，如繁星璀璨，如瀑布玉挂，如香雪成海。羞赧、内敛、婉约、含蓄、端庄……所有这些大家闺秀的范儿，都与木香花相去甚远；要绽放，就绽放得纷纷扬扬，热热闹闹，恣意烂漫。仿佛是嬉闹陌上，绰约田间的村姑，恣情地挥洒着带有野性的芬芳。

木香花不像桃红李白，总喜欢于春天最盛的时光，把一身绚烂满枝妖娆，妩媚地显摆着，招摇着，好像春天所有的风景，所有的美好，她们都可以随意垄断，信手挥霍。春深我独妍，姹紫占韶光。

木香花要开，就开在春归的落花蹊畔，却与牡丹的国色天香次第怒放。因为花朵的肥硕，花色的艳丽，花事的传奇，牡丹花总是赏花人心目中雍容华丽的贵妇人，一袭华贵的锦绣，一脸富态的花容，一副养尊处优的高贵，让她们以贵族的姿态，君临天下，笑傲群芳。

木香花却是一身素白，雅致而深情地开成自己朴素的模样。密密匝匝，款款柔柔，一小朵一小朵紧紧地簇拥着，深情地依偎着，恣意地绽放着，却把馥郁的浓香，洇漫着春深浅夏；为春归的最后一程山水，素素地留白。

苔花如米小，也学牡丹开。身为下贱，却不妄自菲薄，尽情挥洒生命的精彩，于卑微中显自强，于平凡中见精神，苔花如斯，木香也然。

就让人生的春天，永远氤氲着木香花的美丽：拥一方属于自己的庭院，于篱落旁植几株木香的婀娜，让纤细柔嫩的枝条，婆娑着绿油油的梦想。花盛时采几朵木香，别于衣襟，簌簌生香；晾成花茶，款款留韵；调制做羹汤、糕点、木香粥……齿颊生津。

繁花落尽，任一地香雪在日光里涅槃成蝶，小心地珍藏，让余香萦绕岁月的静好，于无声处，沉淀一阕阕飘香的过往。

素衣莫起风尘叹，万千柔条可蔽俗。就让木香柔曼着绿色的柯枝，荫庇着一方静谧的天井，作一颗颗素色灵魂安然的皈依。

油菜花开，陌上苒苒漾黄绸

似一朵朵染霞的黄云飘落乡野，一场春雨过后，桃花零落的残红里，粲然泼洒着弥望的油菜花。一片片，一层层，一簇簇……热热闹闹，洋洋洒洒，风风火火，仿佛一夜之间，山麓河畔，田畴陌上，几乎所有的村落，苒苒漾起黄澄澄金灿灿的绚烂。

哦，好一派壮丽的油菜花开！好一场悸动心魄的视觉盛宴！

油菜花是属于平民的花：那片飘香的土地，是她温暖的窠巢；那从疏疏的篱落，是她贴心的纨素；那些质朴的村民，是她慈爱的亲人……还有那些扑蝶的孩童，嬉闹的村姑，叽叽喳喳雀跃着的鸟儿，都是她幸福的伴侣。

城市钢筋水泥的丛林是她的陌路。她的根，她的魂，她开花的模样，总是蹀躞于竹篱茅舍，粉墙黛瓦。

也不仅仅锦簇于杏花春雨的江南，茫茫草原、巍巍雪山、迢迢塞外……油菜花也是烂漫地渲染，片片黄云千万重。

油菜花盛的时令，蝶儿们蜂儿们赶趟儿似的，成群结队地在花丛间婆娑。雄飞雌从，彩蝶翩翩起舞，斑斓的蝶羽，掩映着柔柔的嫩黄。飞舞，栖息，眷眷守护，花香的馥郁是蝶儿们最痴迷的流连。蜜蜂却是恋上了花的甜，采蜜，酿蜜，这片灿灿的金黄，是蜂儿们甜蜜的梦乡。

而花粉，也是村姑们的最爱。那一抹抹轻沾在花萼上的嫩黄，清香幽幽，色彩艳艳，质感黏黏，是姑娘们天然的化妆品。“当窗理云鬓，对镜贴花黄”，木兰略为修饰，战场上的赳赳男儿，瞬间就出落成娇娇女子。因而，晕染着油菜花黄的姑娘，便是标致的“黄花闺女”，她们的身上，飘逸着油菜花一样淳朴的浓香。

油菜花粉可美颜，油菜花蕊则可养身。把花蕊与苹果、柠檬调和，再融些蜂蜜，制成果汁，啜之香甜，入心入肺，余味隽永。

“黄萼裳裳绿叶稠，千村欣卜榨新油。爱他生计资民用，不是闲花野草流。”清代乾隆帝作诗礼赞，更是因为油菜膏泽民生的经济价值。那一汪汪清亮亮、香喷喷的菜籽油，是苦难岁月里滋补营养的仙味神汤，拯救了多少行将枯槁的生命。

油菜花花语是“加油”，就如她携手的春天一样，欣欣向荣，给生活以力量，给明天以希望。

“清明过了桃花尽，颇觉春容属菜花。”油菜花开，是新一年辉煌伊始，是好日子幸福初启，是春天最富生命力的仪式感。

香香的槐花，故乡的味道

院后门前次第开，群芳阑珊独登台。能穿玉串妆村舍，可采鲜花作食材。雪色凝脂迎日月，娇姿含露净尘埃。依稀仍记家乡树，美好童年入梦来。

总惊艳于洋槐的一树花开：一嘟噜一嘟噜摇曳在槐叶的翠碧中，像玉蝶一样，婆娑着馥郁的芬芳。把五月的浅夏，绽放成一片洁白的海洋。

槐花，是属于平民的花。只要有一方泥土，哪怕再贫瘠；只要有一棵槐树，哪怕再矮小，也会沸沸扬扬，热热闹闹，款款柔柔，密密匝匝……于溪桥畔、村落边、荒野中、长亭外……恣意地挥洒那一往情深的素白。

质朴、硬朗，这偾张着血脉的热烈、蓬勃，仿佛是一群劳作田间的汉子，于跌落的汗珠里，鼓胀着庄稼们绿油油的希望。

莹莹的嫩白，淡淡的清香，于晓风里婀娜着一身轻盈，绰约枝头的槐花们，又多么像扎着麻花辫子，浅笑盈盈的邻家姐妹！

槐花满树的日子，村里的姑娘们，便着一袭蓝底碎花的春衫，背着柳篓，拿着长柄的镰刀，于晨曦湿湿的露水里，成群结队地采摘槐花。白白的花朵，映着白白的面庞；袅袅的凉风，漾着脆脆的笑语；在翠绿中轻轻摆动着的一串串粉白的丽影，又如雀跃着的姑娘们花枝招展的灵动……

村里的老婆婆们，会把姑娘们采来的槐花，做成许多可口的美食：蒸槐花糕、槐花麦饭、槐花粑粑、槐花饺子、槐花包子……别看老人们的手很粗糙，像久历风雨的老槐的皮；然而，槐花盛开的浅夏，故乡的村落，总被她们调制得香喷喷，乐融融，喜盈盈。

不知道哪位哲人说过，所谓故乡，就是在童年里，生长游戏的地方。

我童年最美的游戏，生长在村头那棵老槐的浓荫里，花香中。花开的日子，我和儿时的伙伴，就像猴子一样，蹿上枝头，捋着槐花，大把大把地往嘴里塞，常常是腆着肚皮挪回家。那种甜滋滋、清幽幽、香浅浅的滋味，把童趣晕染成槐花的美丽。

槐花落了，真正的夏天，就来了。老槐树翠绿的浓荫，便像一泓幽幽的井，给村庄带来一方清爽爽的凉。白花花的胡子像槐花一样挂在下巴上的老人，边拉着二胡，边讲着古人古事，故事的年龄，好像比老槐还要长……

人们都走进了老人的故事里，槐花树下，默默如一口幽深的井，除了头上落叶簌簌的微响，除了枝丫鹧鸪轻轻地啼唱。

光阴从叶子的缝隙间，漏下一簇簇斑驳的影子，像一张张黑白的胶卷，把花开花落的过往，轻轻地珍藏。

哦，那香香的槐花，那故乡的味道……

月季花开四时春

牡丹殊绝委春风，露菊萧疏怨晚丛。何似此花荣艳足，四时常放浅深红。

自古以来，月季花，一直被人们奉为“花中皇后”，这不仅仅是因为她有绰约的柔枝、倾国的花容、馥郁的芬芳，她独有的许多美质，自是别有一番流韵。

一般的花朵，总是惊艳于一时：牡丹虽贵，唯艳春晚；芍药岁繁，仅盛初夏。花期短在早晚，长至旬余，便迎风摇落，坠红一地。花谢花飞花满天，红消香断犹可怜。

花落花开不间断，春来春去不相关。唯有月季开不厌，一年长占四时春。从骨朵初结到蓓蕾甫成，从花容绽放到冷翠遗香，月季花用自己的美丽，晕染着三十多个晨昏，为每一个苍白的日子，生动地着色，缤纷地添彩，花团锦簇般地点缀。朝花刚落，夕蕾又生。只要有一点雨露的滋润，只要有一丝阳光的照耀，月季如碧玉一样叶丛的深处，又如繁星般地簇拥着密密匝匝的花苞，妩媚与浓香，便又盈盈地泼洒又一弯新月。

呈现一时的美丽，固然能给人瞬间的欢愉，但一现如昙花，终究于凋零的叹惋中徒留深深的遗憾。只有恒久的灵魂的香气，才会如蒙娜丽莎般圣洁的微笑，给世界永恒的美丽的神往。

月季花容秀美，花色纷呈：洁白如玉，红于朱砂，粉似彩霞，橙黄如菊……款款地在庭院中铺展，如重重斑斓的锦绣。人置花中，任群芳簇拥，侍于左右，丹田，便有贵重的香气在深深萦绕；身旁，便有花容的姹紫嫣红在盈盈浅笑。一觞一饮，一书一琴，一俯一仰，也是百倍的怡情与雅致。与“花中皇后”相依，就有君临天下的威仪，甚至有与散花的仙女们联袂共舞的飘飘欲仙。

但这些临风婆娑的月季花，花容，你可以深情地欣赏；体香，你可以忘情地陶醉；但绝不可恣意地采摘，把玩。她们有自身的高贵与尊严，“可远观而不可近亵”，花下枝条上那些硬邦邦、挨密密、细尖尖的花刺，是专门用来伺候轻佻与浮浪的。

月季花开，四时染春。这春，是花容璀璨，花香盈袖的外在呈现，更是美好长在，无瑕有节的内在情操。

烂漫山花更生香

山花照坞复烧溪，树树枝枝尽可迷。别有妖妍胜桃李，攀来折去也成蹊。

读唐人钱起《山花》，每每为山花霞一样的明艳、火一样热烈、山一样坚强所感染，总有一种山花精神，强烈地震撼着我的心灵。

只要有一粒种子，哪怕是山野的风吹来的，甚或是一只鸟衔来的，落于岩的缝隙也好，扎根悬崖也罢，一米阳光，一犁春雨，山花便悄然出土，盎然怒放。热热闹闹，沸沸扬扬，无拘无束，有滋有味。一丛丛、一簇簇、一层层，黄的、红的、白的、紫的……如云锦，如彩霞，把漫山遍野，渲染成一片绚烂，万种妩媚。

出身卑微，往往出落成惊艳的美丽。

是大山毓育了山花灿烂的生命，不管是多么的贫瘠，即便是碎石为泥，腐岩为壤。但山花总是给予最深情最真诚的报答。春天，万紫千红，给大山披上一身明媚；夏天，花色争荣，让大山葳蕤葱茏的生机；秋天，满山落翠，枫叶染红，野菊花却如火如荼，泼洒一山馨香；冬天，山意沉沉，白雪皑皑。一枝红梅，却把凝结于悬崖的如白练一样的冰凌，点染成红红火火的春天。如果没有山花，大山的心也会苍白，落寞如一阕落满尘埃的往事。

感恩的心，是捎来春风一缕，便回报整个的春天。

像一位出落深山的妹子，健康、质朴、活力无限，山花像栖于山头的那轮太阳。大大咧咧、潇潇洒洒、随性而生，恣情铺展。温室里的鲜花太娇弱，烈日炙烤，风吹雨打；便枯萎凋零，落红一片。山花接山岚之流韵，萃日月之精华，吮自然之雨雪，得天地之灵气，才会有大山一样的坚韧。攀来折去，却蹚出一条花团锦簇的小溪，像彩带一样，飘于山脊。让大山别有一番灵动的气象。

苦难的历练，才会磨砺坚毅、刚强。

像山花一样，让灵魂生香于林泉的翠碧，让翠微成为心灵的皈依，是许多文人雅士们颇有情致的生命的审美。听古寺中晨钟暮鼓悠悠地响起，一颗禅心，便如那潭幽深幽深的泉水，温婉而沉静；看枝头鸟儿婉转地啼唱，拈花微笑，任山风浩荡，吹起衣袂飘飘。山的那边，古琴对奏，流响余韵，萦绕于花丛，如高山巍巍，如流水汤汤。

山花开遍的地方，才有满目晴柔，撷芳拾翠，一片诗意的世界。

浅夏，陌上桑柔葚果鲜

立夏节气一到，雨线像长了脚一样，淅淅沥沥地从暮春往浅夏洒落，似乎都不愿意一时半晌地歇息。参差陌上的桑林，叶子柔柔，嫩绿、淡绿、浓绿、墨绿……在雨水中渐变着绿的色彩。

桑舍幽幽掩碧丝，细雨陌上露芳姿。碧碧桑叶丛中，青青雨帘之下，灵动着采桑姑娘绰约的身姿。一袭蓝底碎花的春衫，湿湿地被细雨染成深蓝，却把姑娘的脸掩映成一轮皎洁的皓月。后背的柳篓，鲜嫩的桑叶在绿油油地招摇，似乎在向桑林中的姐妹，作深情的告别。

是啊，她们要把清亮亮的馨香、鲜润润的叶肉、甜滋滋的汁液，变成蚕宝宝最绿色的营养，然后倾吐出来，铺展成绵绵柔柔、纤纤细细、莹莹剔透的蚕丝。

因而，在农耕年代，种桑采桑，养蚕缫丝，是造福民生，泽被一方的经济农业最重要的元素。“五亩之宅，树之以桑，五十者可以衣帛矣。”“鸡鸣桑树颠”，是村落里最原始的风景；“桑叶秧苗俱起舞”，是田畴中最充盈的生机；“桑叶空时村酒香”，是农人们最惬意的享受……

被雨水发酵的桑叶，用手一掐，便汩汩地流淌着营养的血液。烘焙成茶，清新绕齿；酿制成浆，清凉入心；冷拌成菜肴，人体内血脉，便被清洗得越发洁净而富有活力。

这个时候，桑叶深处，便累累地点缀着密密的葚果。桑果甫挂，是一粒粒绿莹莹的翡翠；初成，是一颗颗黄澄澄的琥珀；半熟，是一串串红彤彤的绛珠；熟透，便红得发紫、紫得发黑。看她们胖嘟嘟、黑黝黝、鼓胀胀的模样，如一枚枚黑色的珍珠，把一树树桑林，泼洒成紫金般的贵重。

成熟的桑葚，有酸酸甜甜的味道，像一杯爱情的酒。传说有一种叫斑鸠的鸟，因为贪吃桑果的美味，而从桑树枝头醉落，成为沉溺者的牺牲品。因而，人们往往用这个故事，告诫耽于情事的怀春女孩："于嗟鸠兮，无食桑葚；于嗟女兮，无与士耽。士之耽兮，犹可脱也，女之耽兮，不可脱也"……

一枚葚果的酸甜里，竟能咀嚼出如此耐人深思的隽永，人类与植物之间，难道存在某种内在的情感基因的神经元吗?

情怀已酿深深紫，未品酸甜尽可知。殷红莫问因何染，桑果铺成爱恨诗。

一片桑林，一枚桑叶，一粒桑果，是晕染浅夏的，最美丽的风景；是启迪人事的，最蕴藉的诗行。

小满初闻楝花香

似洇漫枝头淡紫的雾流云般地铺展，似一袭村姑绿衫上细碎的紫花烂漫地泼洒，苦楝花，于小满渐浓的麦香里，一嘟噜、一嘟噜，款款柔柔、沸沸扬扬、密密匝匝，热热闹闹，深情地绽放，把浅夏的明媚，渲染得风情万种，云蒸霞蔚。

二十四番花信风，从墙角数枝梅吹送伊始，却于苦楝花流苏的紫晕里，悄然歇脚，花事，便于谷雨的锦簇与繁盛中泯然消减了。

身处花信风的尾声余韵里，苦楝花的朵儿细细，花色浅浅，花香淡淡，却把疏朗的翠碧，晕染成一片朴素与淡雅。她脚下的牡丹，已经零落一身富丽华贵，悄悄地退隐到肥硕的叶子里了；毗邻的洋槐，把槐花的芬芳，消融在浓荫的墨绿中了；眼前的麦田，麦花也忙着麦香的灌浆了。只有苦楝花，在静静地绽放，把她清清的香气，嫁给五月的风，沁入初夏的山山水水朝朝暮暮，让浅夏的日子，散发着灵魂的清香。

苦楝因为音同“苦恋”，苦楝树因为音谐“可怜树”，善感的人们，往往把她当着不吉祥的树。又因叶薄如绢，叶丛稀疏，务实的人们，一般不把她作庭荫树、行道树；加之楝枣苦涩，不像其他的枣类甘甜可食，苦楝树被冷落，是情理之中的必然。村落旁、溪桥畔、荒野中……零星散落的三三两两的楝树，风儿和鸟，往往是植入她们生命的园丁。

“雨过溪头鸟篆沙，溪山深处野人家。门前桃李都飞尽，又见春光到楝花。”即便沦落如斯，苦楝树还是顽强地把生命的触须，扎入泥土深处；把绿色的葱茏，伸向蓝天。染遍春光，正气浩然。害虫远离，百毒难侵，只有蜂儿婆娑枝头，吮吸着楝花紫色的血液，酿造如琼浆一样甘甜的蜂蜜。

月光皎洁的夜晚，偎依楝树席地而坐，任凉风如水，浸透落满花香的衣襟。于细碎的花隙中，看月亮斑驳的脸，看一片流云从楝树梢头冉冉飞过，就想到一地花香，是乘云飘过的嫦娥温婉的体香，浸染着月光的树冠，多像月宫里开满桂花的树……

麦子黄了，楝树花便簌簌地飘落，落英如雨，缤纷如流苏。把楝树脚下的土地，铺上一层淡紫的地毯：细小，精美。柔细的触感，盈袖的余香，阳光洒满一地晴柔，让人仿佛置身于一个淡紫色的缥缈的世界。

百无一用的表象下，往往生发着让人惊羡的美质。如乞食漂母胯下受辱的韩信，如零落野外，名字果实皆受人诟病的苦楝。

闲看中庭栀子花

雨里鸡鸣一两家，竹溪村路板桥斜。妇姑相唤浴蚕去，闲看中庭栀子花。

像一只只玉蝶，婆娑于葱茏的翠碧中。庭院里、溪桥畔、道路旁、池塘边……一簇簇耀眼的洁白，把六月，点染成风情万种的明媚。

南风徐徐而过，洇漫着栀子花馥郁的芳香，吹过池塘，是水面清圆；掠过原野，是麦穗镶金；越过山峦，是眉峰如黛；飘向蓝天，是白云悠悠……仿佛是感应着缕缕袅袅的暗香：麦子香了，醉了流着浊汗的“三伏”；荷叶香了，醉了游戏其间的鱼儿；山岚香了，醉了潺潺歌唱的小溪；云朵香了，醉了叽叽喳喳的云雀……

栀子花灿然绽放的日子里，不管是老人还是孩子，姑娘还是汉子，总喜欢在胸襟前，别着几朵刚刚采来的，还带着晨露的栀子花。花香沉沉地铺展，汗水的腥味便倏然消逝了；花色莹莹地留白，岁月的纷繁便悄然清浅了；花事美美地演绎，烟火中酸甜苦辣的滋味，便宛然淡泊了……如缭绕人寰的片片祥云，栀子花开的地方，总是温馨着流年的安好。

信佛的老人，总喜欢于款款的烟香中，用雕着青花的瓷碗，盛满汪汪一碧的水，然后，采几掬如莲花一样洁白的栀子花，沐浴水中。青瓷、碧水、白花、翠叶……于《莲花处处开》梵音的古雅、清净、庄严、静穆中，让人沉浸于光明祥瑞、清净安宁、庄严肃穆的感染中……那宛如白莲一样，盛开于青瓷中的栀子花，多像皈依于菩提树旁，一颗颗纯如明镜的心灵。

栀子花残，却于绿油油青亮亮的叶丛间，点缀朵朵淡黄，宁可抱香枝头老，不屑飘零舞东风。姑娘们就把残花带回家，让阳光烘焙成一抹抹牙黄色的玉，把沁人的浓香，装进香囊，缝入枕头，撒在闺房……岁月便依依成香；浸泡为茶，灵魂，便萦绕着栀子花的香味。一瓣冰心，满身素华。栀子花开，让六月摇曳多姿，诗意浮动；栀子花残，抱香花枝，守身如玉，把香味最后的一丝一缕，散入岁月的一隅一角。

假如栀子有魂，就让她植入人们的心坎，人性，便会如栀子花一样善良；人情，便会如栀子花一样美好。

仲夏绰约赏凌霄

溪山深处野人居，小小帘栊草阁虚。洒面松风吹梦醒，凌霄花红半床书。

一夜凉风款款，清晨起来，晨曦中已是绯红一片。推开窗棂，一枚枚凌霄花，便把粉红的朵儿，次第地挂于帘栊。一簇簇，一丛丛，一片片，像点着朱砂的钟。哦，好甜的凌霄的香味，好美的凌霄的花朵。

初夏伊始，偎依墙隅的凌霄光滑滑的虬枝，不觉间已经簇拥着鲜亮亮的叶子，把天井，染成一方青碧碧的绿；仲夏初开，柔曼的藤萝，已经托起一朵朵凌霄的红艳，把妩媚恣意地向高处铺展，即便是我栖息的阁楼，也被洇漫着香气的绯红染遍。

披云似有凌云志，向日宁无捧日心。珍重青松好依托，直从平地起千寻。

幼苗初萌，修萝甫生，凌霄便把青郁郁的葱茏与红艳艳的葳蕤，寄寓在高处、远方。即便是一棵嫩芽，凌云的梦想，已经深深地植入她的心中。于是，身陷泥泞也好，寄于篱下也罢，她生命的触须，总是努力寻找向上的方向。哪怕是一叶枯枝，一竿翠竹，甚或是一棵柴草，都是她凌霄的云梯。

与其让美丽零落尘土，不如让鲜艳绽放云霄。当凌霄的金钟于天光云影中随着天风恣意婆娑，当凌霄的花香于云蒸霞蔚里发酵着阳光馥郁的芬芳，有哪一种花儿，能比肩她的脱俗与高贵！

因而，清人李笠翁评价凌霄花说："藤花之可敬者，莫若凌霄。"把她奉成"天际真人"。"直绕枝干凌霄去，犹有根源与地平。不道花依他树发，强攀红日斗修明。"敢与太阳争奇斗艳，只有血性偾张的凌霄。

当把自己的生命，嫁于明媚的夏，凌霄花便为这个季节，守候每一个晨钟暮鼓，尽瘁每一个绽放的美丽。闪电劈砍，暴雨肆虐，冰雹撞击，烈日炙烤……凌霄花依然执着而坚强地怒放，让溽暑的每一寸光阴，都沐浴着红艳艳的柔情。秋风起了，夏也于落黄的萧索中悄然逝去。凌霄便泣泪成血，泼洒一地红雨，为自己一生的钟爱，呕尽炽热的肝胆……

"敬佩""声誉"，也许只有凌霄，才无愧这入骨的花语。

紫薇花开

总惊羡于紫薇星照彻乾坤，行善除恶的神话。当一种叫“年”的妖魔横行人寰，荼毒生灵，她便化为紫薇仙子，衣袂飘飘，守护人间。当紫薇花开遍，年便销声匿迹，一朵朵如紫薇一样紫色的祥云，便舒卷着祥瑞与平和，盈盈地缭绕于青山绿水的眉眼间。

因而，紫薇的花语，便是“好运、平和、沉迷的爱”。

后来，看到电视剧《还珠格格》中紫薇温婉的模样，紫薇花，更深深地根植于我的心里，总于梦醒时分，飘香于我的床笫枕席之畔。

仲夏伊始，一场淋漓的雨后，葳蕤的翠绿中，悄然撒落一粒粒圆润润的淡青，也许是雨水的浸染，很多的蓓蕾，已鼓胀开裂出一枚枚五彩的小花：白如美玉、紫如朝霞、红如朱砂……像一颗颗“紫薇星”，闪烁着雨的晶莹。她们密密地簇拥着，紧紧地依偎着，金黄色的花蕊，把六片初绽的花瓣，掩映成一张张娇媚的笑靥。连绵成一片，便一嘟噜一嘟噜蔚然成缤纷的云霞。众星丽天，是万千星斗汇成星河的璀璨；群花艳枝，是百般红紫烂漫共生的明媚。

砖连砖成墙，瓦连瓦成房。“民齐者强”。紫薇只有抱花成团，合力相守，才会有这般的云蒸霞蔚，姹紫嫣红。

“盛夏绿遮眼，此花红满堂。”酷暑，让睡莲与荷花，早早地赴清池纳凉了；让凌霄，高高地享受天风的抚慰了；零星开着的美人蕉、滴水观音，也在强烈光照的炙烤中，耷拉着脑袋奄奄一息了。只有紫薇，在烈日下恣情地怒放着鲜艳的美丽，在火风中欢快地曼舞着青春的婀娜。也许正是因为高温的磨砺，紫薇花才把蓬勃的生命，开得如此沸沸扬扬、热热闹闹、无拘无束、有滋有味。

当夏在黄叶的婆娑中渐行渐远，许多夏花，便随之凋零在瑟瑟的西风中。即便如高洁的荷花，也是菡萏香消，残荷听雨；只有紫薇，依然如彩霞一样，纵情地铺展着自己热烈的芬芳。把落寞的秋，点染成一片生机的盎然。

苦难的历练，往往能增加生命的韧度，格调的高度。

直到菊花绕篱，泼洒一地金黄，紫薇，才依依不舍地褪下一身绚烂，把季节的色彩，托付给在飞霜中吐蕊摇黄的菊。

这深情的沉迷的爱，是紫薇给予岁月最庄重的承诺，是花卉馈于人性最坚韧的品质。

不禁想起了南宋诗人廷秀先生吟诵紫薇的诗句：“似痴如醉丽还佳，露压风欺分外斜。谁道花无百日红，紫薇长放半年花。”

稻花香里说丰年

“稻花香里说丰年，听取蛙声一片……”

有时候，一抹色彩、一点味道、一种声音，浸染人的心灵，往往会发酵成一泓穿越时空的记忆的潭影。每每有相似的情境，于自然的折叠里轻轻铺展，总会有一些源自生命原乡的感动。

譬如辛词的这阕《西江月》，洇漫着的稻花的香味，于仲秋白露欲滴的晶莹里，把农耕文明中的人事，深情地唤起。

中纬度偏北的乡野，稻花，一般含苞于白露，初绽于秋分，怒放于寒露，成实于霜降。鸣叫在稼轩词中的蛙声，早已随渐紧的西风隐逸而去。乡间田畴、柳荫池畔，于秋阳的照耀下，稻花飘香，如滚涌着的金色的稻浪，一阵接着一阵，一茬接着一茬，让苍凉的秋色，镀着一层金灿灿的喜悦。

稻花吐香的日子里，村落的一切，似乎都陶醉着孕育着丰收的浓香。袅袅炊烟，携着淡蓝色的暮霭，款款落在一望无垠的金黄里；已经是点灯的时分了，农人们却不愿意回家，蹲踞陌头，在香喷喷的稻浪中盘算着今秋的收成。嘴边的烟卷或明或暗，似乎是天上掉落的星星。月亮升起来了，院子里清凉得很。女人们忙着织芦席做粮囤。她们好像坐在香气缭绕的云雾上，金灿灿的稻穗、白花花的大米，在脑海里跳跃着，手里的苇眉子，就越发欢快地穿梭着……家禽们也久久不愿意进圈，身旁的稻香撩拨着它们的神经，好像有满地大餐，等待着一场狂野与饕餮。

稻花香从《豳风·七月》中飘来，带着酽酽的酒香。含英咀华，韵味隽永，先辈们享受着田塍给予他们的农耕的幸福。“十月获稻，为此春酒，以介眉寿。”总让先民们像稻穗一样，低下高贵的头颅，膜拜着身下这片息壤的神圣。

“苔花如米小，也学牡丹开。”稻花甚至比米粒更小，可是，在农人们看来，比牡丹更有花中之王的资质。“稻花花中王，桑花花中后。”牡丹花好，只是一时的惊艳；稻花萌蘖，却馈赠人类生命的营养。“上以奉玉食，粢盛及醴酒。下以饱苍生，亿兆哺其口。”她们的使命，并非在于生长过程中装扮自然，而在于滋养生命的新生。

“新筑场泥镜面平，家家打稻趁霜晴；笑歌声里轻雷动，一夜连枷响到明。”窗外，稻花馥郁，香味渐浓。多想回到儿时，于镜面一样的打谷场上，和村邻在一起，边挥舞着连枷，边挥洒着汗水，边朵颐着掺着阳光的稻花的香味。

一笺红叶千古情

鱼托尺素，驿寄梅花，鸿雁传书……这些浪漫着的传奇，总是把一掬相思，万斛深情，洇漫于心灵最柔软的地方，把人情的隽永，演绎成一阕阕或悲或喜，滴血凝泪的低回清婉。

而枫叶，这枚被霜露染红的秋的名片，每一条纵横的叶脉，都经纬着酸甜苦辣的过往，用鲜红的汁液，滋润着一段最美的韶光，把昨天的故事发酵，晕染，诗化，然后，又在秋风中如红雨一样零落。

已是晚秋，夕照中的大唐宫阙，如枫叶一样绯红。一湾秋水，从红色的宫墙畔蜿蜒着静静地流淌，蒙蒙地，摇曳着淡淡的青烟。也许是红叶滴翠的清雅，也许是落霞流光的绚烂，那位吟哦溪流的读书人，总是把青衫与红叶深深地掩映。

而一枚红叶，就这样款款地，在清溪中跳跃着穿梭，把浓得化不开的脂粉的油腻，轻轻地俯于身下。

红叶上的题诗，就这样赫然落入他的眼底：

流水何太急，深宫尽日闲。殷勤谢红叶，好去到人间。

一种心酸，一种欣喜，自然悄然双双对对地滑入他的心海。这位题诗的宫女，是七夕的夜晚，于如水的天街上卧看着牵牛织女的红颜粉黛，还是零落的残红中细说玄宗的白发宫女？

他还是把忐忑的相思，寄于红叶之上：

曾闻叶上题红怨，叶上题诗寄阿谁？

他将红叶丢进御沟的上游，让它流入宫中。悠悠远去的叶片，载着满叶相思，燃烧在心中的爱情，如红叶一样灿烂。

独步天沟岸，临流得叶时。此情谁会得？断肠一联诗。落魄秀才寂寞宫女，因为许多不解的因缘，终于鸾凤和鸣，成就了一桩千古的佳话。这片鲜艳于盛唐的红叶，也如一袭红锦，把天造地设的情爱，铺展，晕染。

可是，这片红叶，如血的汁液里，也交错着如叶脉一样，别离的情殇。

乌舍凌波肌似雪，亲持红叶索题诗。还卿一钵无情泪，恨不相逢未剃时。春雨楼头尺八箫，何时归看浙江潮？芒鞋破钵无人识，踏过樱花第几桥？

虽然皈依佛门，青灯黄卷里，还时时闪念着她一低头的温柔，如白莲花不胜凉风的娇羞。富士山下的樱花，烂漫如她青春的笑靥，执手断桥，朝朝暮暮随花开花落。可是，当尘缘已了，佛念渐笃，纤纤素手，鲜鲜红叶，所有的泣泪成血，所有的泣血成诗，皆随红叶一起，于秋深霜重里零落。唯看，落泪成珠；唯听，佛诵袅袅。

黄花深巷，红叶低窗，凄凉一片秋声。其实，一枚红叶，承载的，岂止是离合情爱的悲喜？那在霜天中与渔火相对愁眠的江枫，那在冉冉秋光中于暮色里席阶而卧的落红，哪一条参差的叶脉，不交织着人事的喜怒哀乐，百结的衷肠？

芦花吟

一池寒水栖孤鸦，满眼秋光落晚霞。且放苇叶天地外，素衣闲坐赏芦花。

像卧雪眠云的白鹤，溪水畔，池塘边，古道旁……一隅清幽处，萧疏落黄中，总是恣意地烂漫着满秋的芦花：一袭苍黄的苇竿，一副清癯的风姿，一帧临水的夕照。而西风中婆娑着的芦花，或写意着淡青的轻柔，或曼妙着浅紫的庄重，更多的，是挥洒成一片银色的花海，把苍茫、热烈、绚烂、蓬勃……洇漫于天际，无垠至天涯。

这像雪一样白色的芦花，总是牵惹着人们如雪一样纷扬的情思，为生命的不同际遇，浅浅地留白。

总神往于生命的一叶轻舟，像一片苇叶，于开满芦花的澄澈中从流飘荡，任意东西。“小舟从此逝，江海寄余生。”心如一池秋水，身如不系之舟。生命的羽翼，轻盈如“一苇之所如”；漂泊的灵魂，孤绝似“天地一沙鸥”。

更愿意做一个闲散的钓客，任时事朝晖夕阴，气象万千，依然如芦苇一枝，气定神闲，于斜风细雨中，把生命的钓钩恣情地抛掷。缕缕芦花，被西风吹成一片洁白的雪海，把情境晕染成独钓寒江的清冽，把情思藻洁成大地茫茫的纯净。

钓罢归来不系船，江村月落正堪眠。纵然一夜风吹去，只在芦花浅水边。

一夜月明，一夜清霜。芦花飘影里，南国正清秋。身陷囹圄，思念却随漫舞的芦花轻扬。谁家玉笛暗飞声，散入秋风满汴城？这如泣如诉，如慕如怨的笛音，仿佛是一条斑斓的蛇，冷冷地噬啮着那颗早已伤痕累累的心灵。

山河依旧，晚秋依然，昨天的国之君，如今却已是阶下囚 。寂寞深院，月色清寒，梧桐已老，情何以堪！

闲梦远，南国正清秋。千里江山寒色远，芦花深处泊孤舟。笛在月明楼。

也许，只有泊于芦花深处的孤舟，才能承载起失落已久的昨天的梦想，让桎梏的思想，有稍许如芦花一样，洋洋洒洒的自由。

金桂是属于月宫的，有彩云缭绕的神韵；秋菊是属于隐士的，有悠然南山的冲淡；芦花是属于平民的，有跌落尘埃的朴素，低眉俯首的谦逊，驿动纷扬的思考。

因为是平民的，她们总是葳蕤于深秋，与如琵琶女一样沦落人依依相偎。

因为是朴素的，她们会与落霞齐飞，也会为如孤鹜一样的羁绊者温暖地筑巢。

因为谦逊、思考，她们又与人类的精神同气相求，让这些地球上最灵长的同伴，努力成为会思考的芦苇。

落花咏

一夜西风袅袅，推开窗棂，一缕清肃的凉，水一样浸润身心。而牵牛花的蓝朵、凌霄花的绯红，便如红蓝的蝴蝶，款款落于案畔，湿湿的，还带着昨夜的寒露。

“春花秋月”，是这二个季节美丽的名片，总会用“妩媚”与“清朗”，定格着人们约定俗成的审美。一树花开的绚烂自然不必说，即便是落红的凋零，也是挥洒着“花谢花飞飞满天”的诗意。

但在我情感深处，最爱的，还是秋的落花：那一朵朵婆娑着秋蝶般静美的花影，总能牵扯着无限美好的遐想。

春花落了，有阳光温暖的亲吻，有嫩绿深情的拱卫，还有南风依依的抚慰。看落花们袅娜地飞舞，很像江南出阁的女子，于春光里衣袂飘飘的灵动。

而于飞霜中零落的秋花，踯躅在衰草的枯萎里，辗转在落叶的翠黄中。风刀霜剑，苦苦相逼；西风冷雨，肆意吹打。季节越来越冰冷，似乎容不下半点温馨的色调，天高地迥，惟余莽莽。

秋的落花却淡定而从容，安详而坚忍。随冷风潇潇地飘洒。落于瓦沟墙畔，便织绣着一枚枚缤纷的花朵，于秋阳中泼洒着绮丽；落于驿外桥边，便铺展着一层层锦簇的地毯，让熙熙而过的车马屐痕染香；落于楼台庭院，烟火的深处，便飞扬着七彩的蝴蝶，把落寞的秋，渲染成一片五彩斑斓的明媚。

惊艳于飒飒西风中蕊寒香冷的菊，“宁愿抱香枝头老，不随黄叶舞秋风”的洁身自好。五柳先生修篱种菊，悠然南山，也许正是植入了菊的这种灵魂。

介甫先生曾作菊花诗：“昨夜西风过园林，吹落黄花满地金。”东坡居士很不以为然，作诗讽喻：“秋花不比春花落，说与诗人仔细吟。”其实，花事花态的较真，骨子里却是新旧两种人生态度的对立。也许执着变法的王安石，更欣赏菊花的“待到秋来九月八，我花开后百花杀”的冲天香阵；而一生流离的苏东坡，已经把自己人格，物化为一朵菊花，抱香枝头，永恒地坚守。

如秋蝶般静美的落花，格致着境界层深的人生的观照。

而秋桂，在民间传说里，却是根植于广寒宫里的一棵神树了。绿玉枝头，金粟摇黄；碧纱帐里，梦魂飘香。玉兔银蟾，眷眷守护；嫦娥姹女，拳拳依偎。桂花一落，便飘落一寺禅意，一院神奇。“山寺月中寻桂子”，天竺寺梵音沉沉，月色皎皎。也许是感染于高僧佛性的博大无涯，月宫桂花轻轻落下，仿佛天花乱坠。每一粒淡黄的桂子，都是一颗玲珑的佛心，虔诚追寻，皈依的佛缘，如明月般吉祥的照耀。

“愿逐秋风天地外，素衣闲坐赏落花。”那晶莹于花瓣上的每一滴秋露，都是秉于初心的感动。

良辰弦歌

如果说，岁月是一串黑白珍珠穿成的项链，那么，一个个节日，就是镶嵌其中的一颗颗璀璨的宝石。

每一个节日，都有她悠久的历史渊源、深刻的人文内涵、广阔的文化背景、丰富的社会审美……

良辰弦歌，有热情的礼赞、深情的祝福、美好的怀想，也有振聋发聩的警钟。

因为，不是每一个节日，都是可以用来庆祝的。

中国年，中国红

似朝阳铺锦，如丹霞流光。每年的春节，总是把中国红挥洒到极致：一副副红纸黑字的春联，于墨香中飘逸着新春的祝福；一枚枚如锦鲤般鲜活的中国结，于叠翠中汇聚着同心的力量；一串串流光溢彩的红鞭炮，于脆响声中驱邪纳福，喜迎新岁……

中国年，就这样汇成一片红色的海洋。人们身上穿的，脸上挂的，手里拿的，屋里贴的，空中飘的，地面铺的……红彤彤，红艳艳，红灿灿。仿佛浸染朝阳最富生命力的色彩，晚霞最绚丽的光芒，枫叶最热烈的汁液，相思豆最细腻的情感。

中国年，一袭红装的新娘，暗香隐隐，浅笑盈盈，含情凝睇，正飘飘而来。

总惊艳于中国新娘一袭红装，凤冠霞帔的美丽。娴静如娇花照水，行动如弱柳扶风。于红烛温馨的流韵里，于唢呐喜庆的旋律中，享受人生最幸福最甜蜜最浪漫的时光。

中国红，中国新年最鲜艳的底色，传统文化中最激情的元素，红霞烂漫中有“桃之夭夭，灼灼其华”的明媚；“满园春色关不住，一枝红杏出墙来”的妖娆；“万山红遍，层林尽染”的富丽；“绿蚁新醅酒，红泥小火炉”的温情……

好像洞房花烛夜，是新娘一生最圣洁最庄严的守候一样；春节，也是国人最殷切最隆重的期待。于泼红流翠，云蒸霞蔚的喜庆中，仿佛年的一切，都烘托着红色的背景，律动着红色的色调。火树银花不夜天，七彩的焰火，把守岁孩子的脸，映成一枚枚红红的苹果。红色窗花掩映着红色的对联，沉沉红包鼓胀着一张张灿灿的笑脸，绯红的大门，敞开喜悦的胸怀，接纳天地祥瑞紫气东来。

对联贴起来了，唢呐吹起来了，鞭炮响起来了……春节里人们的笑靥，像花朵一样，灿烂地绽放起来了。这大红灯笼高高挂，照彻九州喜盈门的盛况，不正如一场场甜蜜的婚礼，于新春的飞雪中，盎然地点燃起一串串红色的祝福吗？

“云霞出海曙，梅柳渡江春。”过完春节，便是鲜鲜的雨水的节气，花信风里，隐约飘来迎春花的气息，仿佛便到了桃红柳绿的烟花三月。因而，春节，便是喜迎春天的节日。守候新年的，是红艳艳的光景，绿油油的生机，锦簇簇的景致，新崭崭的希望。

而沉浸于中国红里的中国年，是华夏儿女情感的根，幸福的源，心灵安放的最温馨的家园。千里之外，重洋远隔，游子不管漂泊在何方，中国红，永远是他们慰藉乡思的最温情的颜色；中国年，永远是他们挥之不去的最永恒的乡愁。

一袭红装的新年，是岁月的祥瑞之始，人事的喜庆之萃，明天的希望之光。

深深地根植于汉民族文化图腾中的中国红，如娇媚的新娘，是每一个中国年心灵的皈依。

元宵节，那一轮圆圆的皓月……

正月十五，新年的第一轮满月，携着初春的明媚，染着岁月的芳华，在火树银花的浓墨重彩中，冉冉升起，款款而来。“海上生明月，天涯共此时。”月色溶溶，月光皎皎，月影依依。千百年来，她浸润着多少脉脉的深情，承载着多少美好的祈盼。

盈盈的满月，烘托着万家团圆的祥和。圆圆的月亮，圆圆的元宵，圆圆的希望。万家灯火辉映着明媚的月光，元宵的香味晕染着沉醉的春晚，花树绽放，星雨飘落，凤箫声动，鱼龙共舞……

盈盈的满月，烘托着万家团圆的祥和。

而一条浅浅的海峡，像一把弯弯的刀，剜割着两岸同胞血浓于水的手足情深，举头望明月，低头思故乡。如水的月华，流淌着如水的思念。在徐徐吹来的南风中，我的耳畔，仿佛又轻轻漾起那首沁入肝肠的闽南歌谣。

闹元宵，月正圆

闽台同胞心相依

扶老携幼返故里

了却两岸长相思
热泪盈眶啥滋味
久别重逢分外喜
闹元宵，煮汤圆
骨肉团聚满心喜
男女老幼围桌边
一家同吃上元丸
摇篮血迹难割离
叶落归根是正理

朗朗的月光，寄寓着玉宇澄清的美好。初心如月，晶莹澄澈。而世俗的浮华，红尘的纷扰，总让许多人迷失心智，失足在名利的贪欲中。

当正月十五的月光，朗朗如玉，清清如水，晕染出一个琉璃的世界，清风浩浩，明月中天，沉迷物欲的众生，是否应在这元宵的月华中，扪心叩问：做人还如菩提树一样正直伟岸？心灵还如明镜台一样纯洁晶莹？假如不是这样，请在这澄澈的夜晚，让心灵接受月光圣洁的洗礼！

“春到人间人似玉，灯烧月下月如银。”质本洁来还洁去，永葆一种纯洁的精神，守护着心灵的月亮，初心不忘，美质不渝。

蓝蓝的月夜，氤氲着男女情爱的浪漫。“月上柳梢头，人约黄昏后。”山岚衔走了最后一抹落红，暮霭刚刚荡漾起淡蓝的飘带，圆月，已经悄悄爬上鹅黄色的柳梢。明月，如姑娘圆润的脸庞；在晚风中轻轻摇曳的柳丝，又如姑娘婀娜的身姿。

一年中第一个月圆的夜晚，初春刚刚绽放着的心事，萌发着青春美丽的爱情，像浅绿的芳草，绵延着少女的情思：肥马轻裘的张狂，她不屑；风花雪月的轻浮，她漠视。那位一袭长衫，捧卷吟哦的读书人，正应姑娘的月圆之约，翩翩而至。华灯初上，掩映着两张幸福的笑靥，红红的，仿佛是两朵灿烂的花朵。笑语盈盈，暗香依依，依偎在灯火阑珊的朦胧中……

元宵节，那一轮圆圆的皓月，团圆了万家，澄澈了古今，见证了爱情。这轮多情的月亮啊，冰心一颗，诗情万缕，皎洁了如诗如画，也真也幻的元宵………

雷锋，深深地把你想起

今天，三月五日，一个名字楔入亿万国人灵魂的日子，一种精神渗透民族血脉的日子，一腔忠诚谱写春暖花开的日子。

雷锋，洋溢着青春的响亮的名字，业务钻研中一枚普通的钉子，平凡岗位上一颗螺丝钉，服务社会不计回报的傻子，蜡炬志向，尽洒一腔热血；若水道德，成就大河浩荡。五岳千山，皆仰其高度；三江百河，咸受其渲染。

帮助别人如春天般的温暖，献身公益如夏天一样火热，睥睨私欲如秋风横扫落叶，摈弃丑恶如严冬一样无情。体念别情，忖度时艰；一心向善，大爱无疆，这正是雷锋精神于新时代的丰富与升华。

趟过疫障弥漫的二月，饱经满目萧疏的国难，雷锋精神，在医者仁心的崇高中，在每一个奉献者牺牲的血汗里，如开满江城的樱花，烂漫而美丽。

救死扶伤，疫区每一位冠毒的受害者，都沐浴着来自全国各地志愿者春天般的温暖。那些在生死场中挣扎的人们，那些在暗夜里躺在病床上祈盼晨光的人们，那些被梦魇压迫得几乎窒息的人们，医生们每一趟殷切的探视，每一回深情的问候，每一次暖心的抚摸，都是绽放于病人心房的樱花香，在爱的香气里，获得暂时的生命的抚慰与希望。

献身公益，不计报酬，带着如盛夏一样火热的真情，成百上千的志愿者，抛妻别子，在雷神山、火神山，在方舱医院的每一个建设点，以惊服世界的“武汉速度”，修建了生命再生的“天堂”。让上万名蹀躞于疫魔与死神之间的感染者，枯木逢春，蓬勃着葱茏的生命的绿叶。

木秀于林，风必摧之；功高于世，俗必毁之。白衣天使们精卫填海般悲壮的牺牲，蓝领工友们夸父逐日般执着的虔诚，和共和国一起，竭诚尽智，抗击百年不遇的瘟灾。然而，国际国内，总有一股浊流，和瘟神遥相呼应，隔岸观火，幸灾乐祸，甚至恶语中伤。这些魑魅魍魉，和瘟疫一起，必将被秋风横扫，严寒涤荡。

“冬冷每念春光好，劫难常思心好人。”今天，三月五日，我又深深地想起你，雷锋；想起千千万万和你一样，战疫中舍生忘死的搏命人。三月春色正浓，播撒春光的人，会与春天同在。

三八节，致最美的姐妹们

又是一年芳草绿。桃花灼灼，杨柳依依。桃红柳绿的明媚里，三八节，和春姑娘一起，衣袂飘飘，款款而来。

明眸善睐，馥郁流动，花面掩映。亭亭玉立的姐妹们，诗意氤氲，画韵沉沉，好一派玲珑如玉的美丽。

她们仿佛是一棵棵伟岸的木棉，在岁月的风雨里，站立成自己的模样。不像凌霄花，软弱无骨地攀附，把自己高贵的生命随意托付；也不是春鸟，日夜啼唱着赞美的歌谣，用廉价的奉承阿谀地取悦。

她们有自己独立的人格，有自己神圣的尊严。精神独立，是她们的生命之根，失去它，便是一池浮萍，满川飞絮。闭月、羞花、沉鱼、落雁，纵有倾国倾城的美貌，屈从于权贵的淫威，低下高贵的头颅，最终注定会沦落为争权夺位的牺牲品，一抔黄土收艳骨，独留青冢向黄昏。

她们仿佛是那轮皓月，在清浅的时光里，散发着皎洁的清辉。心净如莲，出淤泥而不染，濯清涟而不妖。红尘纷扰，世事混沌，却心清如水，安之若素。

名利的诱惑，像一条色彩斑斓的美女蛇，含情凝睇，秋波暗送，她们却身若菩提，心如明镜。在朗朗的月光下，倾听从大自然深处飘来的天籁，如梵音缕缕，沁入心脾。

于是，一朵葳蕤的兰，便悄然绽放在她们心灵的深处，清风拂过，善感的心海，就漾起暖暖的香。

她们仿佛是一棵棵麦穗，在布谷声声的催促中，成熟着沉甸甸的希望。一粒粒坚实饱满，一颗颗澄澈金黄，却低下谦逊的头颅，在浓浓的麦香中作深沉的思考。

为了身心的丰盈，她们乐意与书为伴，浸染一脉书香。去倾听蒹葭深处在水一方伊人的清唱，去慰藉花丛柳丝中长亭送别破碎的相思，去采撷田田荷叶下南塘采莲少女们的欢笑……

一杯香茗，一把古琴，一卷诗书，是她们的妆奁。珍藏在行囊中，山一程，水一程，风雨无悔。

独立，纯洁，丰盈，塑造了最美的自己，于顾盼神飞中，为姐妹们的节日，投去惊鸿一瞥，惊艳了这神圣的一天。

3·15：回归本真的呼唤

高质量的自然，是原生态的山清水秀，天清气朗；高质量的生活，是真性情的回归初心，返璞归真；高质量的中国制造，是内结构的创新创优，物美价优。

“潮平两岸阔，风正一帆悬。”如今的中国经济，已然于快车道上日新月异地疾驰。中国制造，其规模已经位居世界第一，在全球的每一个角落，衣食住行，都深深打上中国的印记。

在中国制造业几乎归零的近代，积贫积弱，让“洋货”渗透到中国社会的每一个细胞，国家的命脉，几乎被外国人主宰。因而，就会出现甲午海战中重金买来的炮弹却填满沙子，以致上演了舰沉人亡，全军覆灭的惨痛的悲剧。

自力更生，建立自己完整的制造业体系，是关乎国家兴亡的百年大计。建国七十年来，几代中国人筚路蓝缕，惨淡经营，让民族工业不断超越，做大做强。一些国际知名品牌，如华为，已经成为“中国制造”的代名词，是国人的骄傲。

但是，于日益加剧的中美贸易的强烈碰撞中，“中国芯”越来越成为中国制造的软肋，“中兴”含泪咽下百亿美元的罚金，华为，也在剧烈的阵痛中期待凤凰涅槃的新生。

在残酷的事实面前，中国制造“大而不强”的弊端暴露无遗。怎样在庞大的量的基础上，提升质的深度与内涵，既有“量”的密度，更有“质”的厚度?

华为创始人任正非在接受中央电视台《面对面》采访时，指点了拯救中国制造的迷津，那就是做强中国教育。在他看来，“教育是国家的灵魂，民族的未来”。只有让落后于欧美三十年的中小学教育迎头赶上，让国民素质有高质量的提升，智力强国，才能在创业创新的革命大潮中“弄潮儿向涛头立，手把红旗旗不湿”。

所以，质量体现素养，素养决定质量，质量决定生存。质量是政治，是生命，是价值。如果不在质上斤斤计较，就难在量上绰绰有余。

这种素养，不仅体现在高品质的智能上，更体现在做人的精神格局中。打开信息，各种粗制滥造的次品货有之，盗用名牌的“李鬼”有之，甚至危及人们生命的“老毒物”也有之。花样色别，令人发指。泛滥在国内，丢丑到国外。一次去韩国旅游，看到一家具店门面赫然打着这样的标语：“店内所有家具，都不是中国产品，请放心购买！”当时，我羞愧得抬不起头来，中国人的自尊，被血淋淋的现实刺得很痛很痛……

高质量的中国制造，呼吁高质量的中国公民。让中国制造成为享誉全球的金字招牌，就需要它的人民不忘初心，牢记使命。这初心，就是如山清水秀般的纯洁不染，朴素自然；这使命，就是质量立国，像泰山一样，压在我们肩头的沉甸甸的国家振兴的责任。

五四：会当水击三千里

青春的年华，喷薄着蓬勃的朝阳。是人生之王，人生之春，人生之花。指点江山，激扬文字，如苒苒盛春，葳蕤着葱茏的生机，遒劲着恢宏的力量。

孩儿立志出乡关，学不成名誓不还。埋骨何须桑梓地，人生无处不青山。青春，是凌云壮志的鲲鹏展翅，是四海为家的博大胸怀，是初生牛犊的无知无畏。

有鸿鹄之志，身为下贱，也能蔑视权贵，笑傲群雄。因为青春，桀骜与不羁，裹挟着热血一起澎湃。辍耕垄上，有“燕雀安知鸿鹄之志”的喟叹；混迹闹市，有“彼可取而代之”睥睨始皇的虎胆；书生意气，有“问苍茫大地，谁主沉浮”的忧叹，“粪土当年万户侯”的胆气与潇洒。

青春，是一弯如月牙般莹亮的吴钩，总是于月黑风高的夜晚，驾长车，踏冰河，刺穿狼烟肆虐的疆场的暗夜。修我长矛，与子同仇。“白马饰金羁，连翩西北驰”，“捐躯赴国难，誓死忽如归”。

热血，在如火的青春里熊熊燃烧；意气，在峥嵘的岁月里猎猎张扬。仰天长啸，壮怀激烈，碧血横飞，浩气四塞。胡虏肉，匈奴血，是一杯祭奠青春醉人的美酒。

青春，是一轮冉冉东升的瑰丽的朝阳，光芒万丈，活力无穷。阳光泼洒的地方，姹紫嫣红，满园春色，蝴蝶蹁跹，百鸟鸣唱。有青春编织的婆娑的丽影，也有琴瑟和鸣中诞生的美好的爱情。有花堪折直须折，莫待无花空折枝。于人生最美的年华，赴一场青春之约：山间明月，把爱纵情歌唱；一池春水，把情深深蕴藉；一树花开，让明天浓墨重彩地明媚。

青春，是一张徐徐铺展的壮丽的画卷，境界层深，神奇而美妙。倾吐一片丹心，满目锦绣，熠熠生辉；挥洒一腔热血，色彩斑斓，生机律动。她激越着击水中流的接天惊涛，飞扬着指点江山的万里雪飘，也澎湃着激扬文字一声声雷鸣般的呐喊。

如果说，人生，是一本历练着四时八节的书，青春，就是一季染绿扉页的春天；如果说，国家，是一幢承载着民族希望的大厦，青春，就是一棵扛鼎未来的栋梁。

自信人生二百年，会当击水三千里。光荣与梦想，成就与精彩，永远属于火红的青春！

五一：劳动的中国人最美

像一只蜜蜂，辛勤地吮吸着万千的花蕊；像一棵小草，尽情地铺展着无垠的葱茏；劳动人，把汗水，浸染在麦田灌浆的麦香里；把心血，熔铸在钢铁淬火的烈焰中；把最美，绚丽在星光璀璨的历史的天空下。

劳动人的美，是亲近泥土脸朝黄土背朝天硬朗的弧线。这道诠释着力与美的弧线，定格于岁月的风雨里，是最永恒的风景，是最厚重的生命的地平线。

“日出而作，日入而息”，因循天道，向日而生；“坎坎伐檀兮，置之河之干兮”，河水清清，吭唷声声；“锄禾日当午，汗滴禾下土”，烈日炎炎，浊汗淋漓……

一幅幅农耕文明的画卷里，佝偻着的，是拉犁前行沉重的步履；是负薪跋涉羸弱的身影，是拄杖播种稀疏的白发……

劳动人的美，美在坚忍，美在艰辛，美在融于血脉中的勤劳不辍的品质夸父逐日般的执着，精卫填海般的矢志，女娲补天般的神奇……根植于泥土的灵魂，有着泥土一样馥郁的芬芳。

劳动人的美，是妙心肝胆不断创造启智播慧探究的精神。这种精骛八极、心游万仞的思考，深邃在宇宙的浩渺中，精微在量子的内核里，最革命最科学。

先人的“四大发明”，让科技之光照彻环宇，让人类文明跨越发展。劳动的生产力呈几何倍极增长，文明古国的气象越发雄浑而阔大。

因袭这种基因，当代的中国人，创造的热情方兴未艾，创造的成果，像群星丽天一样，光彩炫目。

屠呦呦，首获科学类诺贝尔奖的中国人，创制的青蒿素，挽救了发展中国家数以百万计的生命。

歼 15 总设计师罗阳，把青春与热血洒在我国第一艘航母辽宁舰上，却把生命化成一道亮丽的彩虹，为中国的战鹰伴飞。

更多的科学家，如春蚕吐丝，如红烛流光，默默地挥洒着超人的才情，为共和国的腾飞，呕吐着自己的心血。

劳动人的品格，是汗水发酵的最美的情愫，是心血浇灌的最美的精神。

劳动人的血液里，澎湃的是奉献者的泪水，牺牲者的血汗。

所有的蝇营狗苟，所有的飞黄腾达，所有的帝王将相，所有标榜着拥有高贵血液的权贵们，因为失却质朴的元素，草根的品质，牺牲的精神，也许他们活着，可实际上，却已经死了。

而永远鲜活的，是劳动人拼命硬干，埋头苦干，为民请命，舍身求法的生动的背影。让人类文明生生不息，让社会发展蒸蒸日上。他们，才是中国的脊梁！

劳动着的中国人，永远是地平线上最美的风景。

护士节：杏林花开春意满

一片杏林，葱茏于庐山南麓，是东汉那位悬壶济世的老人植下，一棵、二棵……终于葳蕤成无垠的白色的杏花海。杏子黄了，老人就用她们换来黄澄澄的稻菽，就医的病人们，黄瘦的脸上，便漾起久违的金灿灿的笑靥，好像囊里盛放的，老人馈于他们的金灿灿的粮食。

这片流淌着大爱的杏林，从南国绵延到天涯，从天涯铺展到海角，一树一树，都盛开着纯纯美美的希望。

希望从璀璨枝头的杏花馥郁的芳香中飘来，温馨溢满岁月，纯洁美丽人间。

总是惊艳于如杏花一样洁白的天使服、燕尾帽，还有一双双如杏仁一样清澈的眼眸。是天女散花中最留香的一朵，是落于尘世的最素白的天使。

潘多拉盒子打开的那一天，病魔便狰狞着恐怖的面目，肆虐于芸芸众生，用病痛折磨着万千生灵。于是，白衣天使，可敬的护士们，于青春最美丽的年龄，扼守生命的喉咙，在生与死的关卡畔忙碌。把生的希望留给每一位患者，把死的恐怖，用一张张唯美的笑脸消融。

多少个无眠夜晚，一个个纯白的背影，如一朵朵夜放的杏花，为每一个生命，生动地留白。那些在生死场中挣扎的人们，那些在暗夜里躺在病床上祈盼晨光的人们，那些被梦魇压迫得几乎窒息的人们，护士们每一趟殷切的探视，每一回深情的问候，每一次暖心的抚摸，都是绽放于病人心房的杏花香，在爱的香气里，获得暂时的生命的抚慰与幸福。

总会于心灵最柔软的地方，把那些感人的细节悄悄地忆起，仿佛是一缕缕杏花的香味，一回回洇漫着我的身心……

南国边陲，自卫反击战的炮火，洗礼了多少火红的青春。而一位十九岁少年，却倒在罪恶子弹攒射的血泊中。他用微弱的声音，让身旁的女护士能抱一下自己，亲一口自己，让他在临终前能享受一回带有母亲体温的女性的爱。女护士含着泪水，把自己最深情的初吻，献给了自己怀抱中奄奄一息的小战士，让他带着甜甜的笑容，慢慢闭起噙着热泪的双眼……

战斗最紧张最艰苦的日子里，用舌头舔舐着受伤战士化脓的伤口，背着比自己重几乎一倍的伤员踽踽爬行，为困守山洞几天没有进食的战士唱着动情的歌谣……女护士们的奉献与牺牲，坚忍与顽强，如杏花一样，怒放着人性的高洁，把救死扶伤的医者仁心，挥洒于道德的极致。

2019 年 5 月 12 日，是第 108 个护士节，我的耳畔，仿佛又想起南丁格尔的誓言：

> 余谨以至诚，于上帝及会众面前宣誓：终身纯洁，忠贞职守……务谋病人之福。

六一：回复我美丽的童心

袅袅的风，吹来乡村的音籁，如一池秋水，洗尽了诗人徐志摩尘俗的纷扰……

“我欲把恼人的年岁，我欲把恼人的情爱，托付与无涯的空灵——消泯。”

“回复我纯朴的，美丽的童心；像山谷里的冷泉一勺，晓风里的白头乳鹊，像池畔的草花，自然的鲜明。”

清新，纯净，美丽。童心相伴人生，岁月风清月霁。

现代生活节奏越来越紧张。很多人像蚂蚁一样匆忙。喧嚣着的城市钢筋水泥的丛林中，世故、圆滑、自私、冷漠……如幽灵般游荡。

当贫贱让人性退化为冷血的兽类，当富贵让淳朴异化为轻袭的浮艳，当权力让善良沦落为恶虎的伥鬼，那种源于童心的人性的光辉，已黯然隐没在世俗的乌云中。

在如磐的暗夜里，还会有一盏莹莹的小橘灯，为你捎来浅浅的光芒吗？

在物欲的浊流里，还会有一条清清的碧溪咀，温情如翠翠一样，为你注一泓澄澈吗？

在肉麻的赞美声里，还会有一个萌萌的孩子，用一双清纯的眼睛，看穿皇帝的新装吗?

…………

追寻童心，需折叠琐碎的心事，放下杂乱的俗务，暂忘缠绵的儿女情长，和志摩先生一起，于花丛柳丝的明艳中，聆听来自乡野的天籁。那里，有东篱采菊的暗香隐隐，西山潭影的禅意沉沉，枕石清流的沧浪之水，偃仰啸歌的竹影婆娑……

童心是灵魂生长的源头。仿佛是汪汪一碧的月牙泉，在日月星辉的掩映中，给沙漠滋润一抹青郁郁的绿洲。

赤子之心之于人类，便是不忘初心，秉持操守的责任。

赤子之心之于自然，便是绿水青山，金山银山的神往。

携一瓣童心，揣一腔豪情，澎湃波澜壮阔的赤子的情怀，让我们一起，去圆一个风清月霁的中国的梦想。

童年的味道

雨中夜读，偶见书橱一角，尘封着几本已经泛黄的连环画，几近正方的尺幅，蛰伏在很精美的鉴赏词典旁，更显得寒碜、落寞。虽几经辗转，零落了不少藏书，但这几本连环画，一直跟随着我，陪伴着青灯黄卷清雅的时光。

因为，它们是我儿时的最爱。淡淡的霉味掩不去油墨的清香，那是童年的味道。

童年的味道，是交错在“小人书”情节中的喜怒哀乐。

因为它们，我认识了很多少年的英雄：雨来、嘎子、刘文学、高玉宝……也知晓了很多古人古事：战赤壁、失街亭、梁山聚义、西天取经……更有很多的外国人走进了我的心灵：高尔基、保尔·柯察金、奥赛罗……

琳琅满目的“小人书”，如磁铁一样，吸引着小伙伴们。那间不大的小屋，经常被他们密密地拥挤着，也经常成为演绎故事的舞台：抡一根木棍，就是“金箍棒”；耍一块木片子，就是青龙偃月刀；翻一个跟头，就是“十万八千里”的筋斗云……更有的小伙伴，把“舞台”搬到室外，会学着嘎子堵人家的烟囱，学着雨来泅水偷对岸的西瓜……

而有的时候，我们会为心目中的小英雄英勇牺牲抱在一起痛哭。当读到刘文学被偷辣椒的地主掐死后丢进池塘，泪水浸漫着小屋，抽泣声引来了左邻右舍的家长们，都以为自家的孩子被欺负着呢。

小小连环画，晕染了多少美好的童趣啊！

其实，岁月就是一本连环画，每一个页面，都是每一天故事生动的写真，每一个童年深刻的记忆。

春天深了，绿油油的麦子，在阳光下散发着清香。母亲右肩扛着锄头，左手搀着我，走向田野的葱茏。陌上，野花们恣情地开着，花团锦簇，像母亲身上蓝格的花衣。蝴蝶们追着我们飞着，累了，就落在母亲的辫子上栖息。母亲爱怜地望着她们，就给我讲梁山伯祝英台的故事。讲到化蝶的地方，母亲似乎很动情，泪水吧嗒吧嗒地落下来。从此，这对美丽的精灵，就婆娑在我童年的梦里，羽翅上染着母亲的泪花，款款地飞……

夏意浓了，我和邻家的孩子一样，变成了树上的猴子、草地里的野兔、水中的鱼儿。知了蹲得再高，捉住它们，也会如摘果子一样容易；青蛙藏得再深，抓它们入篓，也会如兔子一样敏捷；邻庄的瓜园，河面再深、看得再紧，一个猛子扎过去，也总是大篮小篓满满地……

青枝绿叶萦绕着的童年，有青草的鲜、瓜果的甜、鱼虾的腥、蝉与蛙声声的鸣唱。

七夕到了，秋天就跟着来了。躺在天井的凉床上，一边摇着蒲扇，一边数着夜空中闪闪的星斗。母亲就又给我讲起牛郎、织女、银河、喜鹊的故事。“天上住的都是好人”，母亲娓娓细语，像在说给我听，又像是喃喃自语。

多年以后，每到秋夜，望着流泻着银河的碧海青天，我都会想起母亲的这句话：“好人都在天上。”如今，母亲已经变成一颗星星，到天上去了。凝望着星星们闪烁着点点晶莹，我的泪水，就会晶莹地滑落……

童年的雪，总是下得好大好猛，乡村的茅屋，瞬间就变成茫茫雪海中的一角冰山。我和小伙伴们就跟着大人，堆雪人，捕麻雀，抓野兔……多少年过去了，捕猎野兔的情景，仿佛就在眼前：呼啸的北风，裹挟着暴雪，疯狂地肆虐着田野，天地浑然连成一片。

苍鹰在头顶盘旋着，猎狗在前面巡视着，我们通身雪白，融在茫茫的雪海中……而或野兔在雪地中疾驰，速度之快，灰色的影子仿佛变成雪地上灰色的曲线。这个时候，苍鹰凄厉地尖叫，猎狗汪汪地狂吠，我和小伙伴们吆喝着，狂奔着……那阵势，那氛围，不像是在捕猎，倒像是在林海雪原中惊心动魄地追剿着顽匪。

光阴的连环画还在一页一页地继续，不觉间，发鬓已经落满岁月的霜花。生活中发酵着许多人生的滋味，但让我久久难忘的，还是童年的味道。

六月，火红了青春

流动的岁月，在春夏秋冬的变换中周而复始的轮回。如果说春天，是花枝招展小姑娘的明媚；秋天，是娴静端庄大家闺秀的温婉；冬天，是沉沉凝重老人们的深思；那么，六月的夏，便是热烈奔放青春的火红。

青春的火红，从如金色火球的朝阳中喷薄而出。款款滚动，冉冉升腾，把万道金光，泼洒于六月葱茏的大地之上。这早晨的八九点钟的太阳，多像如六月般葱茏的明媚的青春：夸父逐日，是凌云壮志执着的追求；赤橙黄绿青蓝紫，是理想的蓝图上斑斓的色彩；巡天日行八万里，是追风少年竞逐时光的豪迈。

谢却了春花的姹紫嫣红，是一树树碧玉妆成的滴翠的墨绿。叶脉鼓胀着澎湃的血液，把一片片绿叶，葳蕤成一片碧绿绿的海洋。风儿吹过，哗啦啦地脆响，仿佛是吟诵着一曲曲雄浑的天籁。这一层层一簇簇一丛丛浓得化也化不开的绿啊，多像一阕阕昂扬着勃勃生机的青春的歌谣，勃发着朝气，凝聚着力量，引领着希望。

灌浆的麦穗，在艳阳下沉甸甸地散发着麦香。走过冬的萌发，春的拔节，风霜雨雪的历练，终于把六月的田畴，铺成满目金黄 。正如芒种伊始，走向人生考场的学子，十年寒窗的磨砺，在青春最美丽的年龄，收获着知识累累硕果，把学业，向更高一级的学府，升华 。迎接他们的，是新一轮耕耘、播种、插禾……于无垠绿野的忙碌中，趟过辛劳的足迹，洒下青春的汗水，种下明天的希望。

六月的天空，已经没有春的妩媚，秋的恬静，冬的苍茫，却如一颗青春不羁的心，于电闪雷鸣，暴雨滂沱的大开大阖中，张扬着生命的恢宏。没有小桥流水的流连，没有花前月下的缠绵。青春，就要有疾风暴雨的力量，在一次次灵与肉的洗礼中，增加生命的厚度，思想的深度，人性的温度，理想的高度。

毕竟人间六月中，风光不与四时同。接天绿叶无穷碧，映日青春火样红。让我们张开双臂，去拥抱这火热的，青春的六月吧！

香香的端午，故乡的味道

“粽子香，香厨房；艾叶香，香满堂；艾蒿插在门楣上，野田一片麦儿黄，家家户户过端阳。”香气盈盈，香味袅袅，香意沉沉。一缕香浸染着一个节日的灵魂，让端午积淀着文化的厚重，诗意的浪漫，浓浓的，有故乡味道。

故乡的味道从村边滚涌着的麦香里飘来，甜甜的，有父老乡亲们幸福的欢笑。在儿时的记忆里，端午之前的日子是那么漫长，漫长到令人恐怖的窒息。田野里青黄不接，村落上炊烟萧疏，村民们面有菜色……麦苗青青，是枯黄的日子里青青的希望。

当布谷响起，南风吹来，清清的麦香唤醒一颗颗似乎枯萎的心。沉寂中舒展生机，叹息声化成欢笑，沉甸甸的金黄，转眼间变成餐桌上香喷喷的饽饽，那鲜鲜的香味，那白白的模样，拌和着一张张灿灿的笑脸，点缀着生动祥和的端午。

端午的日子，总是洇漫着清郁郁的粽香。家家户户，老老少少，总是用亘古不变的虔诚，在粽叶的青青与粽香的袅袅中，纪念着那位身赴清流的诗人。在时光的嬗变中，屈原，已经定格为民族文化一枚多元的符号：有兴废存亡，以身许国的精忠；有心存一念，九死不悔的执着；有路虽漫漫，上下求索的笃志。渗入到国人的血脉里，便升华为一种民族的精神。一个节日关联着一位诗人，一位诗人引领着一个民族的文化，一个民族的文化历练着一个民族的精神，有哪一个节日，能像端午一样，浓郁着民族灵魂的香味？

而这般的崇高与神圣，却发微于故乡粽子飘香的情怀，粽叶像一面面绿色的旗帜，在缕缕的清香里，飞扬着像苇叶一样柔和却坚韧的民族的凝聚的力量。

如果说，粽香如蜜，香甜着端午；那么，悬于门楣间的艾叶与菖蒲，却如沉香，于清凉中有薄荷的香味。鼻翼翕动，一股浓浓的香便在舌根喉部，荡漾丝丝缕缕的凉意。闭上眼睛，让药香沁入心脾，于不疾不徐中，向五脏六腑款款铺展。

“彩线轻缠红玉臂，小符斜挂绿云鬟。”与门楣葱葱郁郁的装扮一样，端午节也装扮着孩子们。缤纷的丝线，晕染着馥郁的芳香，在孩子们白嫩如藕的胳臂上，轻轻缠绕。七彩的颜色，七彩的童年，七彩的童心。像装饰品一样精致的桃符，斜插在女孩子云鬟之间，流淌着桃木的异香，荫庇着孩子的健康快乐，护佑着故乡的安乐祥和。

香香的岁月，香香的端午，香香的故乡的味道……

七夕相思河

一条最美的相思河，盈盈地流泻在天际，依依地闪烁在星海。鹊桥温情柔软的墨羽，总在每年的七夕，牵惹着几多爱情的浪漫，氤氲着一段幸福的佳话，承载着万千少男少女虔诚的膜拜。感动天地，绝唱古今。

因为经年的别离，一夕的相聚才如此弥足珍贵，荡气回肠。

因为真情的守望，才能在三百六十四个清浅的日子里，发酵着今晚金风玉露一样的洁净与清凉。

牛郎织女能把千古的爱情演绎至天上，源于那份超脱于凡尘的爱的崇高。

七夕的夜晚能成就爱情的佳节，更源于被银河淘洗过的如秋夜一样澄澈的爱的纯洁。

在离别的日子里，织女醉心于机杼，一匹匹素绢，如银河的碧涛，在她的面前款款铺展。耳畔，却不时聒噪着来自人间的嗟叹：“黯然销魂者，唯别而已”，“相思相望不相亲，天为谁春？”……她淡淡地一笑，却灿烂成亮亮的星辰。天风轻轻地把它们吹走，如织女轻轻地抛弃残落的余丝。

青青的碧草，葱茏着岁月的生机。牛儿徜徉其间，慵懒地咀嚼着鲜美与甘甜。渴了，饮一口银河的水；倦了，听一听远方天鸡的鸣叫。牛郎仰卧着一抹嫩碧，看星星如萤火虫一样在眼前扑闪迷离，心里盘算着该做一只笼子，抓几颗星星进去，便是养着萤火虫了。等鹊桥相会的那一天，襁褓中的儿子便沐浴在星辉的照耀了……

风儿吹过，银河便传来绵柔的波响，仿佛为隔岸而居的人儿，传递着他们柔柔的怀想。

是啊，相见不如思念。真爱在，夫妻离散的日子，便是蕴集真情，滋长相思，心生美好最幸福的时光。

在天庭，牛郎织女每每俯视人寰，却络绎地上演着貌合神离的“花好”、同床异梦的“月圆”、黄金牵连的姻缘、白纸粘糊的感情……难怪七夕的美好，宋代的那位词人却发出“金风玉露一相逢，便胜却人间无数”这样深沉的感喟！

银河，一条最美的相思河。她用晶莹与澄碧，清洗出一段纯洁的爱情的神话，让人间仰望成岁月的经典，却根植于每一颗真爱的灵魂。

银河，一条最美的相思河，于鹊桥月依星偎的柔曼中，漫溢一泓守望的深情，吟诵一阕真切的诗话。执着成爱情的雕像，矗立在银河之畔，鹊桥之上，让千百年来千万双眼眸深情地瞩望……

八一：铁血丹心铸军魂

八一，这个血与火淬炼的日子，这个军旗猎猎军号声声浩气干霄的日子，总有一种强烈的震撼，激荡着我的身心。铁血晕染的尚武，丹心辉映的精忠，如两座巍巍的丰碑，于日月星辉的照耀中，矗立在华夏每一寸热土之上。

军人，中国军人，从喋血的火光中诞生的那一天起，就注定是除旧立新的中坚，摧枯拉朽的雷霆，救亡图存的脊梁，民族复兴的希望。

那颗夺目于帽徽上的闪闪红星，是报春的第一朵盛开的杜鹃花，是破晓的第一颗荧荧的启明星，是引领着革命之舟，乘风破浪，直挂云帆的最璀璨的北斗。

仿佛就是革命军人那颗燃烧着的炽热的丹心，书写着对国家、对人民、对革命的忠诚。井冈山上的风霜雨雪，长征路上的血雨腥风，抗日烽火里的枪林弹雨，推翻蒋家王朝的碧血横飞，抗美援朝的艰苦卓绝……新中国一路筚路蓝缕，一路血迹斑斑，一路滴血凝泪，一路高歌猛进……因为是人民的儿子，是母亲乳汁的喂养，就不能辜负父老乡亲的重托。国泰民安，岁月静好，需要人民的军队用生命去保卫。

一片丹心向阳开。祖国最需要的地方，就是军人生根开花生长青春的地方。南海守岛，我就是一朵澎湃的浪花，日夜把南疆深情地依偎；朔北戍边，我就是大漠中的一棵胡杨，把根深深扎进北疆的土壤；高原巡哨，我就是冰山雪原中的一株雪莲，于最严寒中绽放自己的美丽；东海前哨，我要和祖国的舰队一起，驰骋深蓝，和战友们一起，铸筑一道海上长城的铜墙铁壁，让太平洋永远畅享太平的美好时光。

军人的双肩，扛着的是两面庄严的红旗。这鲜血染红的旗帜，浸染着多少先烈碧碧的鲜血。为了红旗永远飘扬在祖国的蓝天，为了祖国的江山永远沐浴着红色的朝阳，就召唤着我们的军人去奋斗，去牺牲，饱蘸热血，铸就荣耀。

尚武的精神，是“壮志饥餐胡虏肉，笑谈渴饮匈奴血”的快意恩仇，是“醉卧沙场君莫笑，古来征战几人回”的从容赴死，是“捐躯赴国难，视死忽如归”的凛然决绝。

因为尚武，烈士的尸骨，铺成了一条两万五千里迢迢的长征路；筑成了一道一寸山河一寸血巍巍的抗日长城，搭建了一座百万雄师过大江通向全国解放的血肉之桥。

因为尚武，即使在莺歌燕舞的春天，军人们也时刻睁大警惕的眼睛，握紧手中锃亮的钢枪。万里之外，大洋深处，亚丁湾暗流涌动诡谲变幻，人们海军几十批次的护航编队，扼守生命的航道，为数千艘过往商船绿色护航。

不管是远在异域国际维和，还是身在国内抢险救灾；不管是刀光剑影里的以命相搏，还是开山筑路中的冲锋在前，最惊艳的，是中国军人的身影；最引以为豪的，是中国军人不畏牺牲，舍身报国的品格。

精忠，尚武，中国军人的灵魂。与天地兮比寿，与日月兮同光。

九月一日：最美开学季

盼望着，盼望着，暑气淡了，秋味浓了，开学的日子到了。

缤纷的彩旗，红色的横幅，斑斓的气球……校园像一位妩媚的新娘，霞帔着鲜艳的盛装，喜气盈盈，缦立凝睇，深情地迎接着新生、老师、家长……

新生们穿着新新的衣服，挂着甜甜的笑靥，说着亮亮的话儿，徜徉在鲜鲜的美美的校园。张张笑脸，如一朵朵莹莹的花朵，灿烂地开放，芳华了青涩的时光。

红领巾飘扬着幸福的童年，团徽闪光着少年的梦想，大学的徽章，如一叶叶方舟，承载着青春的风华、寻梦者滚烫的心灵。

在校训的勒石前留个影，让校魂熔铸心坎；于花海中择一方清幽，沉淀驿动的思想；去操场的草坪上活动一下身心，让激情与豪迈伴白云一起，在蓝天下翱翔。

崭新的书本，洋溢着沁人的墨香，如蜜饯般清凉。小心地把心爱的书儿装帧，期待知识的甘泉款款地晕染。

于教室粉白的墙上，植一棵平安树，枝丫间累累的千纸鹤，衔着满满的新的希望，在书山学海间飞翔。

班主任走进教室，齐耳的短发，戴着澄碧的眼镜。打开“黑板”，打开一片葱茏的世界。那里有文学生长的沃土，数字魔幻的乐园，眺望宇宙的天眼……还有，她一生心血泼洒，情感浇注的爱的深情。

新学期第一面国旗冉冉升起。热烈与鲜艳，渲染了湛蓝的秋天。被国旗映红的一张张庄重的脸庞，像挂满枝头的一枚枚丰硕的秋果。

开学季像秋雨洗过的空山，一切都是新的。

开学季如春风沐浴的嫩苗，充满着青郁郁的希望。

九月十日：以教师的名义

圣人孔子，设帐春秋，或让学生侍坐榻畔，各言其志；或斥学生助纣为虐，声色俱厉；或携学生周游列国，辗转风尘……高山仰止，景行行止，大智，大德，大勇，诠释了师者仁心的浩浩之范泱泱之风。

以教师的名义，让教书育人关联着国事的担当。风声、雨声、读书声，声声入耳；家事、国事、天下事，事事关心。指点江山，激扬文字。铁肩担道义，妙手著文章。智慧明达如孔子，怎能不知道身为卑贱，人微言轻？然而，他知其不可为而为，把克己复礼，作为自己矢志的追求，并把它内化成学生的自觉。中国知识分子一以贯之的“入世精神”，达则兼济天下，穷则独善其身；居庙堂之高，则忧其民；处江湖之远，则忧其君，是对孔子洞察世相，经纶世务，悉心世事的最生动的行为表达。

以教师的名义，是捧出一颗心来，不带半根草去的拳拳奉献。鹤发银丝映日月，丹心热血沃新花。从执起教鞭的那一天起，三尺讲台，便是为人师表使命的皈依。从晨曦初显的早晨，到月映星辉的夜晚，从课堂里的春风化雨，到生活区的无微不至，如春蚕吐丝，如红烛流光，永远忙碌的，是那些在桃李园中默默耕耘的身影。

好雨知时节，当春乃发生。随风潜入夜，润物细无声。一句句谆谆的教诲，一次次温馨的关怀，一回回促膝的谈心，一趟趟跋山涉水的家访……仿佛是淅淅沥沥的春雨，滋润着孩子们稚嫩的心房，让他们时刻享受着师爱阳光的照耀，师恩大树的庇护，真情无私的美好。正是因为园丁们竭诚尽智的守护，青葱的校园，才成为孩子们沐浴雨露的乐园，心灵栖息的摇篮，思想生长的最依恋的温床。

以教师的名义，是弦歌华堂，桃李盈怀的春满天下。三尺讲台，三寸舌，三寸笔，三千桃李；十年树木，十载风，十载雨，十万栋梁。当心血化碧，温润着一块块纯纯的美玉；当人梯相连，托举起一只只凌云的雄鹰；当根深叶茂，茁壮着一棵棵参天的栋梁，有哪一种职业，能像教师那样，与天地君亲一起，化育万物，为人们所敬仰？巍峨成山，于薪火相传中，让传统的民族文化发扬光大？

绿野堂开占物华，路人指道令公家。令公桃李满天下，何用堂前更种花？是啊，教师，渺小如一粒纤尘，平凡如一颗微星，青史无名，碑刻无痕，但哪一朵桃李的芬芳，没有他们心血的晕染？哪一株栋梁，不矗立着他们人格的伟岸！

以教师的名义，是一种庄严与神圣。

九九重阳：菊花须插满头归

晚秋的风，冷了季节的温度，黄了自然的颜色，却艳了菊花的风姿。再过几日，才是重阳，菊花却早早绚丽了我的心海。那些在飘飘黄叶的婆娑中盎然怒放的花蕊，诗意地开成七彩的模样，似乎在为重阳的莅临，点染一个斑斓的背景。

春节元宵的喧闹，清明端午的端肃，中元中秋的朗润，相继随秋风而去；九九重阳，却在气冷露重的晚秋，悄然而生。

一年的节日，我最爱重阳；四季地花朵，我最爱菊花。

“九九”，数字中最美的吉祥，“九九大运，与天始合”，“天之高为九重，地之极为九泉”。九九重阳节，寄寓着汉文化多少美好的祈盼。

因而，一个敬老爱幼的礼仪之邦，便把这个节日，作为“敬老节”，尊老、敬老、爱老、助老，让古老的节日，浸润着浓浓的人文的关怀、人情的况味。

这个时令，江涵秋影，北雁初飞。几场秋风秋雨，洗去了浅秋的燥热，醇厚了中秋的韵致。清肃着晚秋的浮艳；所有的葱茏，一夜之间，似乎被西风拧干了绿色血液，黄叶连波，波上寒烟翠。

而菊花，就在气冷水瘦，草枯叶黄中沸沸扬扬地赶趟般地开着。蕊寒香冷，满地金黄。这一丛丛烂漫开着的节日的花朵，也烂漫着重阳纯纯的人情的美好。

“尘世难得开口笑，菊花须插满头归。”和佩戴茱萸一样，菊花，也成为重阳节人们最青睐的配饰。不管老人还是孩子，都喜欢在菊花盈盈的暗香中挥洒登高的汗水，在翠微淡淡的山岚中体味晚秋的况味。

菊花性微寒，味甘苦，以菊花酿酒，泡茶，散风清热，平肝明目。重阳的日子，人们总喜欢泡一杯热热的菊花茶，煮一壶酽酽的菊花酒，拾掇些香香甜甜的秋果，招呼二三亲朋，打开轩窗，悠闲地喝茶品酒，悠闲地谈论农事，悠闲地欣赏着大野里金黄的稻浪。

这个时候，丰收的喜悦，和着菊花茶的清香，菊花酒的清洌，汩汩地，流进人们的心坎。“莫惜朝衣准酒钱，渊明身即此花仙。重阳满满杯中泛，一缕黄金是一年。”美酒如玉，菊花泛金，那位宋代女诗人啜饮菊花酒的诗篇，一千多年来，醉倒了多少个美好的重阳?

菊花糕，这种需要用九层的笼子熏蒸，还要在蒸笼的顶端插着两面红色小旗才能制作出来的糕点，神秘着，味美着；而菊花糕的主人——女孩们，会在吃糕前接受大人们庄重的洗礼。大人们把黏黏的菊花糕粘在她们两鬓之上，然后对着家里最老的长者，跪拜，祈祷……年长的老人，就会朗声祝福——“旗”求步步登“糕”！——浓浓菊花糕的香味里，凝结着多少重阳祥和的祈盼！

此刻，一抹菊花淡淡的香味，飘进我的书房，仿佛在为我捎来重阳的消息。我忽然对这个节日，在心底滚涌着深深的敬意。轻闭双眸，喃喃私语，为这个神圣的日子，祈祷……

十月，流光溢彩中国红

似朝阳铺锦，如丹霞流光。金秋十月，总是把中国红挥洒到极致：枫叶红遍，层林尽染；金柳晚照，凤冠霞帔；榴籽已成，红珠荟萃；秋枣累累，红韵满枝……

像绯红的天幕上云蒸霞蔚，喜气律动，中国的十月，也于中国红流光溢彩的飞扬中，秋光盈怀，满目锦绣，乾坤祥瑞，大地生辉。

人们身上穿的，脸上挂的，手里拿的，屋里贴的，空中飘的，地上铺的……红彤彤，红艳艳，红灿灿。仿佛浸染着晨曦最富生命力的色彩，晚霞最绚丽的光芒，枫叶最热烈的汁液，石榴籽最甜蜜的滋味……

中国红，中华民族最圣洁的文化图腾，炎黄子孙最崇高的精神皈依，飞扬在九百六十万平方公里的一角一隅，流淌在十四亿中国人生生不息的血脉。

中国红，是布达拉宫经生佛诵中的琉璃红瓦，是嘉峪关外烈烈风沙中的长河落日，是日月潭畔阿里山夕照的红霞，是天涯海角旁恣意泼洒的海南红豆……

十月，一片红色的海洋，这鲜艳、烂漫、热烈、磅礴的中国红啊，是点染金秋最瑰丽的色彩，是燃烧地球东方的最澎湃的激情，是舞动整个世界的最壮美的画卷。

五星红旗，这漫卷着的中国红，是十月红涛里最生动的浪花，是金秋中国中最美丽的面庞，是引领着红色梦想的最鲜明的标杆。

举国欢腾，共襄庆典的美好，五星红旗是最激情的乐章。她招展着嘉兴红船的灵动，葳蕤着井冈翠竹的坚劲，历练着雪山草地的磨难。于抗日烽火中锻造，于解放战争中洗礼，于抗美援朝中猎猎张扬……

打碎旧世界的艰苦卓绝，建设新中国的筚路蓝缕，民族复兴的千年梦想……所有的励精图治，所有的撸袖泼汗，所有的崛起腾飞，这面鲜红的国旗，洋溢着血染的风采，永远是每一个为中国梦孜孜追求的中国人，永恒的生命召唤，不竭的精神力源。

“可下五洋捉鳖，可上九天揽月，谈笑凯歌还。”五星红旗，祖国的骄傲，不管是在万米深海，还是在九天月宫；不管是在南海人造岛礁，还是在珠穆朗玛之巅……中国人在，五星红旗就在；五星红旗在，民族的荣光就在，这个古老的东方文明之邦，泱泱之德，浩浩之范，就在！

十月，流光溢彩中国红，像天安门城楼下那面古老的红墙，像港珠澳大桥夜色中溢彩的霓虹，像5G网络穿越时空的红波……永远是华夏儿女情感的源，文化的根，魂牵梦绕的最幸福的原乡。

国家公祭：当警世钟声沉沉地敲响……

12 月 13 日，一个滴血凝泪的日子，一个善良民族伤痛的记忆，一个三十万冤魂哭泣成冰雨的国殇。

扬子江畔，紫金山下，六朝古都荟萃着华夏文明的灿烂，像一颗璀璨的星辰，闪耀着瑰丽的光芒。

唐风明韵晕染着古城人古朴的情怀，清闲的生活，像秦淮河水一样，脉脉地流过。春日，乌衣巷口紫燕呢喃；夏至，大雨把明城墙上的藤萝，冲洗成一条绿色的瀑布；秋风起了，中山陵的红叶，就像金币一样，叮叮当当地坠落；雪晴的日子，梅花山上 ，像彩霞一样梅花的惊艳，与赏梅人绯红的笑靥掩映。

婴儿吮吸着母亲的乳汁，甜甜地笑着；夫子庙攘攘的人流，熙熙地闹着；青天下白鸽亮亮的弧线，还是那样优美地舒展着……一切都是那样的安详，那样的宁静，仿佛是莫愁湖里那泓潋滟的波痕。

然而，这些幸福着的人事，这些写意着的自然，却于民国二十六年 12 月 13 日，灰飞烟灭。光华门在炮火中轰然倒塌，古都在日寇的铁蹄下呻吟，呜咽着的江水已经被鲜血染红……三十万条无辜的生命啊，在罪恶子弹的攒射中变成尸山血海。

遍地腥云，满街狼犬，六朝古都，转瞬间变成人间地狱。

拿着滴血的屠刀，刽子手们在狰狞地笑着，人类的尊严、国际的法则、人性的怜悯、社会文明的底线……在战争狂人的狞笑声中哭泣。

八十一年过去了，岁月的风雨，早已把斑斑血迹楚楚呻吟洗去，江南的冬天，阳光还是那样和暖地照耀着，昨天的苦难，似乎已经退隐于参天的楼群的背影里。

可是，当警世的钟声沉沉地敲响，屈辱的记忆又被清醒地唤起。忘记历史，就意味着背叛；铭记国耻，才能让民族的自强不息的精神，永远在炎黄子孙的血管里滚涌，澎湃，沸腾。

一朵朵洁白的菊花，参差于黑色的海洋，默默，仿佛是天国的灵魂们盛开的花朵。每年的 12 月 13 日，他们会歆享着神圣的祭奠，于钟声中袅袅升腾的香烟，正如人们的哀思，低回婉转，不忍逝去。

国家公祭，让逝者的灵魂尊严地安放，尚飨生者无限地祝福。

东方红，太阳升！

一百二十五年前的今天，一场大雪，把韶山冲晕染成粉妆玉砌的妖娆。琼花玉挂的毛家院落，遍开着一朵朵白色的灵芝。

雪落祥瑞，润泽东方；雪花神韵，毓育灵芝。看着刚刚呱呱坠地的毛家三伢子，父亲吧嗒了几口旱烟，说："这个伢子就叫毛泽东毛润之吧！"

大雪忽然停了，皑皑雪山的东隅，倏忽泼洒万道金色的朝霞，一轮红通通的太阳，像火球一样，把韶山冲照耀成红装素裹的美丽。

从此，这轮鲜红着的太阳，照亮了旧中国的黑暗，点燃了新中国的光明。雄鸡高唱，天下皆白。一个新崭崭亮莹莹的国度，伴随着天安门城楼上那声庄严的呐喊，雄踞于世界的东方。

中国人民从此站起来了！

毛泽东，二十世纪改变世界的一代伟人，中华人民共和国的缔造者，亿万百姓心目中的红太阳，日月经天，江河行地，是历史的不朽与永恒。

他人生留下的足迹，每一刻，都是一部经典；每一步，都是岁月的惊叹号。

孩儿立志出乡关，学不成名誓不还。埋骨何须桑梓地，人生无处不青山。

壮志拿云，胸襟伟岸。这掷地有声的骇俗之语，竟发自一位翩翩少年！

指点江山，激扬文字，粪土当年万户侯。

橘子洲头，秋江如练。青年毛泽东风华正茂，挥斥方遒。一张《湘江评论》，让星星之火燎原成万山红遍。

红军不怕远征难，万水千山只等闲。

雪皑皑，野茫茫，高原寒，炊断粮。万里长征铸就一身铮铮铁骨，四渡赤水书写军事历史惊艳的传奇。二万五千里，几乎处处是绝境，时时有牺牲。毛泽东却以超人的韬略、乐观的情怀、非凡的胆气，让长征演绎成一部人类的壮丽史诗。

秦皇汉武，略输文采，唐宗宋祖，稍逊风骚。一代天骄，成吉思汗，只识弯弓射大雕。俱往矣，数风流人物，还看今朝。

睥睨群雄，笑傲古今。轩昂的气宇，像一场暴雪，恢宏、雄浑、壮烈。包举宇内，并吞八荒。至大至刚，浩气四塞。

然而，这位伟人心灵最柔软处，也蕴贮着悱恻的儿女情长。

堆来枕上愁何状，江海翻波浪。夜长天色总难明，寂寞披衣起坐数寒星。晓来百念都灰烬，剩有离人影。一钩残月向西流，对此不抛眼泪也无由。

也许，只有那瘦长的踽踽独行的背影，最能诠释新婚离别的楚楚伤痛百结愁肠。

2018 年 12 月 26 日，在您第一百二十五个诞辰的日子里，我禁不住又打开收藏于岁月深处的您的照片：洁净的打满补丁的睡衣，送岸英到朝鲜战场前的依依惜别，抽着香烟和韶山冲的乡亲们谈笑风生，在水晶棺里沉沉睡去的倦容……

耳畔，又响起了曾让无数人热泪盈眶的歌：

东方红，太阳升，中国出了个毛泽东……

年味，飘拂在香香的腊月

过年的味道，是从母亲调制的那碗腊八粥的浓香里轻轻漾开的。随着热腾腾、浓稠稠、香喷喷、甜滋滋的腊八粥，在案几上列次蹲踞，粉墨登场，年，便紧锣密鼓地忙碌起来。

“小孩小孩你别馋，过了腊八就是年。腊八粥喝几天，哩哩啦啦二十三。二十三糖瓜粘。二十四扫房子。二十五炸豆腐。二十六煮煮肉，二十七杀年鸡，二十八把面发，二十九蒸馒头，三十晚上闹一宿，大年初一扭一扭。”

忙年的内容，像做腊八粥的辅料一样，丰富着、缤纷着，把腊月的日子，挤弄成密密匝匝的忙碌。但人们总有一股忙不完的劲，说不清的喜，等不及的盼。与整日不断的脆脆的笑语一中和，一发酵，便是香香的腊月。

也许是几千年来农业文明的浸染，腊月既为旧岁之尾，也为新旧交替。“腊者，接也。”因而，于岁寒深处，于农事闲暇，忙年，便是忙着一身辛劳的消解，一年丰收的庆贺，四季安康的祈愿。

腊月的香味，从腊八祭祀的香火中袅袅升腾，丝丝缕缕，款款柔柔，仿佛牵携着颗颗虔诚的心灵，融身云海，化而为莲，盛开在佛的面前。佛随意轻撒，腊月便飘落起漫天如白莲一样的雪花，一朵朵，都是佛赐予生灵的祥瑞。

腊月的香味，从静卧在雪国中的村落里飘来。仿佛是岁末的人们心灵的味道。平时于泥泞中摸爬的农人们，弥漫的是浊汗的腥酸，却于腊月的喜庆中，毫不吝啬对香的泼洒：案几上檀香吐烟，腊月便在温馨里沉浮了；厨房里腊肉甫熟，人们便在肉香里生津了；对联上墨痕徐溢，庭院便在墨香里喜庆了；墙角的蜡梅初绽，岁月便在梅韵里芳华了……

尝一口白白的年糕，是不舍旧岁黏黏的香。

品一瓣红红的糖球，是祝福新年暖暖的甜。

吃饺子，食汤圆，事业顺溜溜，阖家美满满。

黄皮橘子、紫皮葡萄、青青苹果、碧碧素菜……铺金泻玉，点缀了红红火火，流光溢彩的腊月。

哦，这香味醉人的腊月！这渐近渐浓的年味儿！

元旦，漫寄贺卡雪花飘

新年的雪，婆娑着素白的灵魂，柔曼着圣洁的衣袂，仿佛有双无形的手，漫撒着纷纷扬扬的贺卡，为元旦，捎来绵绵柔柔，无穷无尽的祝福。

祝福的贺卡，最先飘送的，是我们的父母。落在年轮上的雪花，已经染白了老人的发鬓，丝丝缕缕，总如母亲手中的针线，缝补着游子漂泊的寒衣，缠绵着经年刻骨的思念。爸爸妈妈啊，北风起了，雪花飘了，天气冷了，您倚门而望的身影，您于冷风里与雪花一起舞动的白发，却把拳拳的舐犊情深，倾注在岁月的深处：殷殷祈盼的目光，切切电话的叮咛，沉沉午夜的忧叹……仿佛是家里熊熊燃烧的那串炉火，时时温暖着儿女们的心房。

愿岁月不老，愿亲情永恒，愿家的窗口，永远有一缕温馨的灯光，照亮游子风雪的归程。

祝福的贺卡，要送给天下的孩子们。像一枚枚雀跃着的千纸鹤，翔落于许愿树的青枝绿叶。从此，天下再也没有寒号鸟冷风中的哭泣，再也没有小女孩雪夜里火柴划亮的凄冷的微光。摇篮旁，婴儿吮吸着母亲的乳汁甜甜地微笑；幼儿园，迎着朝阳幸福的花儿灿烂地开放；

教室里，孩子们脆脆的读书声，把窗外的雪花悄悄地融化。

每一个家庭，仿佛是暖暖的窠巢，孩子们如雏鸟一样，温暖着自己的温暖，幸福着自己的幸福。

同学、同事、战友……以及每一位同气相求的好友，都应该享受新年贺卡的祝福。一起相守的日子里，我们风雨兼程着奋斗者的坎坷，相濡以沫着困境中的温情，风华正茂着芬芳的年华……“朋友一生一起走，那些日子不再有。”有缘相聚，就凝结成满满的正能量，做冬日里的一米阳光；离散的日子，就将思念托付那轮白月光，把友情晕染成人生的经典。

唯愿时光安暖，美丽如初。

这如漫天雪舞一样的贺卡，我怎能不让她和我一起，款款地掬起，轻轻地珍藏。雪落如梅，你就像梅花一样，芬芳着属于我俩的昨日与今天。一朵朵雪花，一枚枚柔美的蝴蝶，萦绕着梅花的暗香浮动、疏影横斜，正如我萦绕着的对你的执着的相思：雪样的纯洁，雪样的深厚，雪样的缠绵，雪样的洋洋洒洒诗意浪漫……

笑靥如花。临窗赏梅，就沉浸在你雪花一样纯净的眸子里，就陶醉在你浅浅淡淡的笑语盈盈的酒窝中。

最后，我不禁掬一朵莹莹雪花，把新年的贺卡紧紧攥在手心中。愿我的心灵冰清玉洁，愿我的文字如梅一样馥郁飘香，愿初心宛然，永远盛开着圣洁的琉璃。

陋室闲章

斯是陋室，惟吾墨香。紧张的教学之余，我总喜欢蜗居自己的小屋，或阅读时尚美文，或聆听入心美诵。心有所思，意有所动，就会静静地笔耕。

“素心向美，以诗为文”，是我美文创作的追求。那一行行凝结着我心血的文字，努力臻于真、善、美。

“言之无文，行而不远。”我希望自己每一篇作品，能洗涤心灵，绚丽愿景，美丽人生。

三月，爱伴春花一起绽放

旖旎三月，春和景明。杏花飘雪中，紫燕结伴归来；桃红霞飞里，彩蝶翩然起舞。一朵朵带露的花蕊，好像姑娘一张张羞赧的笑靥；一道道花飞的弧线，又如游春少年一袭飘逸的白衫。青春做伴，良辰美景，春心如春水般荡漾。钟情男子，怀春女孩，于花丛柳丝的明媚里，把人间最美的情爱，深情地演绎。

“桃之夭夭，灼灼其华。之子于归，宜其室家。”桃花染红了三月，仿佛红烛摇曳着新娘美丽的面庞。人生的花季，岁月的韶光，新人如意，执手偕老 。花谢花飞飞满天，如一地红雨，渲染着迎亲人红彤彤的喜庆。隔着轿帘薄薄的轻纱，款款对视，深情的眸子，清澈似一湾春水。

幸福的新人啊，你们桃花般粲然的一笑，便醉了青春的花季，醉了芳菲的三月，醉了《诗经》染香的春秋。

“春日游，杏花吹满头。陌上谁家年少足风流？妾拟将身嫁与一生休。纵被无情弃，不能羞。”良辰赏美景，游春约佳人，这掩映着桃花一样粉红色的回忆，赏心乐事，诗意浪漫。丽人倩影婀娜，情歌互答袅袅，眉目暗送情深……春景发酵着春情，春情荡漾着春景。三月踏青，是融身自然，张扬人性，释放人情的最动人的乐章。“去年今日此门中，人面桃花相映红。人面不知何处去，桃花依旧笑春风。”

春暖花开，满目晴柔。于层层的粉红深处，柴门绿萝轻绕，伊人笑靥如花。最是那回眸一笑，惊艳了岁月，温柔了流年。

一念花开，一念花落。

今年桃花灿烂依旧，却再不见伊人粉面含春，顾盼盈盈。心中滋生的惆怅，如那一蔓绿萝，疯狂生长，恣情缠绕。

停留是刹那，回首却已是天涯。花不会因为你的疏离，来年不再盛开；人却会因为你的错过，转身为陌路。

是啊！三月的风，总是把一阕阕相思，吹上桃李的枝头，或烂漫一片锦绣，或零落一地叹息。如果不是青青柳色袅娜陌上，惹乱情思，昨晚如桃花潭水般深情的幽梦，就不会化为从翠楼上跌落满地的滴滴泪珠。如果姹紫嫣红开遍，不是都付于断垣残壁；月上柳梢头，人约黄昏后，闺中人就不会游园惊梦，徒生“良辰美景奈何天，赏心乐事谁家院”这般锥心的感慨。

等闲若得东风顾，不负春光不负卿。来吧，春风里踏莎而行的红男绿女，旖旎三月，让爱与春花一起，盎然怒放！

游春，春归何处不芳华

暂借韶光踏春行，无边翠色正相迎。红紫万千看不足，一草一木总关情。

像一支神奇的画笔，东风吹过，天地间铺展的，是一张色彩绚烂，鸟语花香的春天的画卷。春水莹莹，似眼波流转，顾盼殷殷；柳丝依依，如纤手舞动，召唤款款……春天，温情地展露着一身锦绣，期待着人们徜徉其中，作一次春天盛装的旅行。

春气的萌动，催生着青春爱的萌芽。游春，是赏一树花开，满目晴柔；更是红男绿女，陌上传情的醉美时光。

春日游，杏花吹满头。陌上谁家年少足风流？妾拟将身嫁与一生休。纵被无情弃，不能羞。

尽管古人比现代人更恪守男女大防，游春，却是怀春的少男少女约会爱情的破例。为此，那个时代还设立"上巳""三月三"两个游春的节日，如今天的情人节。

良辰赏美景，游春约佳人，这掩映着桃花一样粉红色的回忆，赏心乐事，诗意浪漫。于花丛柳丝的隐约中，丽人倩影婀娜，情歌互答袅袅，眉目暗送情深……春景发酵着春情，春情荡漾着春景。而游春，是融身自然，张扬人性，释放人情的最动人的仪式。

这方绿意葱茏的春天一隅，也是文人雅士们人文情怀的皈依。

永和九年，岁在癸丑，暮春之初，会于会稽山阴之兰亭，修禊事也。群贤毕至，少长咸集。此地有崇山峻岭，茂林修竹，又有清流激湍，映带左右，引以为流觞曲水，列坐其次。虽无丝竹管弦之盛，一觞一咏，亦足以畅叙幽情……

士大夫们灵魂安放的地方，不在庙堂之高，不在江湖之远，而在游春的天朗气清，惠风和畅中。仰观宇宙之大，开阔了经纶世务的胸怀；俯察品类之盛，藻洁了怜悯众生的情愫。

书家经典《兰亭集序》，飘若浮云的冲淡，是流觞曲水的晕染；矫若惊龙的遒劲，是茂林修竹的根植；宇宙人生的感喟，是游目骋怀的思考。

游春，也是盛世晏乐最好的行为表达。《论语·侍坐》篇中，孔子让几位得意弟子各言其志，唯有曾皙一番陈述，最走进老夫子的心里。

莫春者，春服既成，冠者五六人，童子六七人，浴乎沂，风乎舞雩，咏而归。

这是多么朴素却春意浮动的游春啊：于春意的阑珊中，五六少年，六七童子，着一袭新崭崭的春装，走出书房，走向原野。没有之乎者也的佶屈聱牙，严师厉色的耳提面命，有的，是一树花开的明媚，一湾春水的灵动，一片沃野的生机……于沂水中枕石清流，于舞雩上临风远眺，逸兴遄飞，踏歌而归。

这种亲近自然，与春天一起生长的梦想，是童心未泯，人性回归的外在呈现，是游春郊外，返璞归真的本色内核。

在春天里行走，是人生醉美的芳华。

多情最是三春雨

潜入东风逐云来，万蛰破土犁初开。多情最是三春雨，催感物华动心怀。

春风化雨，就这样莹莹地飘落，款款柔柔，沾衣欲湿，杏花留香。夏雨沁凉，她是太暴烈了；秋雨梧桐，她是太萧索了；冬雨浥尘，她是太刺骨了。

春雨却好：她温温的，润润的，甜甜的，像母亲的乳汁，滋补着一冬枯槁的大地。春雨落于江河，冰凌消融，春水汤汤，婉约着生命的轻唱；春雨落于田畴，润泽息壤，万物复苏，耕犁出绿色的诗行。

沐浴着淡淡的春雨，仿佛啜饮着一杯淡淡的酥酒，微醉了浅浅的春：天儿蓝了，草儿绿了，花儿红了；鸟儿们兴奋起来了，叽叽喳喳地喧闹着，声音水灵灵的，像是在春雨里浸染一样。

人们就喜欢戴着斗笠，披着蓑衣，任一叶渔舟，像一只白鹭，出没在细密的雨线里。这个时令，桃花流水，鳜鱼渐肥，渔夫们收拢着渔网，也收获着鱼儿。鱼儿翘动着尾巴，白白的身子，在蓑衣里跃动，把船儿也拨弄得晃晃悠悠，好像一个醉醉的汉子，在水中央转悠。别怕，就让船儿从流飘荡，任意东西吧，那澄碧于天的春水之湄，是诗意的栖居，一蓑烟雨里，江海度余生。

清明的雨，总是如期而来，如一层薄薄的帷幔，温情着人世的薄凉。青山隐隐，如离人挂罥着轻烟的眉黛；绿水迢迢，又如逝者含情凝睇的眼波。可是，眉眼盈盈处，如今却安放着青碧碧的灵魂。清明雨不是眼泪，是滋润灵魂的一泓圣泉，让归于沉寂的生命，安暖着天国静好的流年。

这一丝丝一缕缕的春雨啊，总被岁月发酵成禅意层层，境界深深。让听雨的日子，洇漫着郁郁的人生的况味。洞房花烛，春风得意，这掩映着红烛流光，百花红紫的春雨，是盈杯的一壶喜酒；流落江湖，阴风怒号，这洒落于杜鹃啼血，浊浪排空里的春雨，是漂泊人的一把清泪；一椽茅屋，竹藜白发，这敲着窗儿的淅淅沥沥的细雨啊，多像一声声轻微的叹息，人世的白云苍狗，人生的酸甜苦辣，如雨中落花，悄然飘落，尽随春水，渐渐远去……

多情最是三春雨。捧一掬春雨为眼，世象便不会混沌、芜杂；饮一口春雨入心，人情便如一池春水，洁净而灵动。

倾听，来自春天的音籁

应怜春景入时新，芳滨撷翠在柔晴。天籁有声随风远，说与游人仔细听。

游人听什么？是春江水暖冰凌消融舒脉活络的轻唱，是春雷乍惊万蛰甫醒众生萌动的生机；是春雨漫洒花木扶疏百鸟和鸣的婉转，是春意氤氲人事初开牧童短笛的嘹亮……

春色开天地，春水贯六脉。当花信风捎来兰花淡淡的馨香，蛰居一冬的春水，血脉便迅疾地偾张开来。她先是抖落一身冰凌，打碎着哗啦啦的脆响；然后便一路欢腾一路轻唱，汤汤地流动着澄碧的绿波。锦鲤泼刺而出，浮光跃金；鸭子嬉闹水面，相视而唱；渔歌互答，不绝如缕；浣衣晚归，笑声袅袅……

仿佛是一泓鲜活温热的经脉，春水流过的地方，山润朗起来了，草葳蕤起来了，人灵动起来了……像一位青春勃发的姑娘，浅笑盈盈，明眸善睐。而春水，就是春姑娘一袭绿裙，一双眼波，一瓣冰心玲珑。

出了农历正月，南来的暖湿气流，便于彤云深处，蕴集着春雷第一声。它不像夏的霹雳，于剑一样耀眼的闪电之后，轰然炸响，让人心悸魄动，肝胆俱裂；总是隐隐地不紧不慢地闷闷地响着，好像是怕惊扰熟睡地下的精灵。

可是，精灵们春天的梦想，已经于雷声的隐约中，悄然复苏了。她们，有的蜕变为翩翩的蝴蝶，在花丛柳丝中结对缠绵，似乎在演绎着那段千年爱情的凄美；有的出落成憨憨的青蛙，独坐池塘，养神柳下，“春来我不先开口，哪个虫儿敢作声！”有的卑微依旧，一虫、一蝉、一蛾……却热热闹闹地忙碌着，在春和景明的韶光里，经营着自己生命的欢乐。于是，斑斓的色彩，翩跹的丽影，轻盈的婆娑，缤纷出一个有声有色的烟花三月。

这个时候，雨儿们好像被春雷敲醒了，绵绵柔柔地下了起来，一下就是好几天。细密的雨线，像许许多多温柔的手指，抚摸着鲜鲜的、嫩嫩的花草，花草们便赶趟儿似地生长着。窸窸窣窣，是小草们探出脑袋的轻响，是花儿们舒展花容的微音。

花儿开了，鸟儿们就会成群结队地飞过来。雀跃花枝，呼朋引伴，一边欣赏着花儿的模样，一边叽叽喳喳地像饶舌妇一样喋喋不休地评述着。洒落花蕊的雨滴，晶莹而圆润，是花儿们挂在脸上的，喜悦的泪珠吧？

但花儿无言，唯陌上那片无垠的姹紫嫣红，是她们报春的最明媚的音籁。

陌上的草儿盛了，绿茵茵地绵延着，青得逼人的眼。牛背上的牧童，也渐渐地多了起来。牛儿穿行在柳丝中，牧童便折下柳条，折成柳笛，嘹亮地吹起来，把杏花桃花梨花次第地吹上枝头，染成芳菲；把垂柳吹成青青的样子，泛着清香，随风摆动，好像笛音里流淌的五线曲谱 。牛儿们也哞哞地叫着，摇摆着尾巴，似乎为牧童和自己的表演，兴奋地打着节拍。

何必丝与竹，山水有清音。亲近自然，约会良辰，让我们一起倾听，这来自春的音籁。

情深深，且寄柳笛袅袅

春天的暖意，是淡淡的鹅黄色柳风送来的；春天的音籁，是袅袅的清香悠远的柳笛吹响的。“无边春光柳色起，万种情思笛音中。”

牧童骑着牛背，穿行在青绿的丝绦里。扯几片柳叶，柳笛便伴着清新的味道，徐徐地在柳丝中飘落。却把桃花、梨花们次第吹上枝头，晕染成绯红与洁白的模样。好像是心动于笛音的嘹亮，鸟儿们婉转地唱着，蝶儿们柔曼地舞着，便是憨憨的牛儿，也禁不住哞哞地哼着，牛尾巴有节奏地摇摆起来，似乎为笛声中春韵的合奏，打着节拍。

笛音也浸染着楼上少妇们游春的情思，她们一袭细碎的花裙，掩映着花丛柳丝，像蝴蝶一样婆娑，却蹀躞于柳色青青的嫩碧中。春去春又来，可是，新婚宴尔的丈夫，却辗转在功名的天涯，一年半载再也不会回来。杨柳依依，多像他斯文地踱着方步；柳色青青，又多像他身上散发的好闻的男人的气息！

叠一枝柳笛，袅袅地吹着，如泣如诉，如怨如慕；笛音袅袅，不绝如缕。漂泊的人啊，还记得长亭外我折下的别于你胸前的柳枝吗？还记得古道旁我为你吹奏的《折杨柳》的笛音吗？风儿吹过，落花无语，只有如烟一样的柳雾，在泪水中渐渐缥缈起来……

“谁家玉笛暗飞声，散入春风满洛城。此夜曲中闻折柳，何人不起故园情。”又是春风沉醉的夜晚，我却没有金榜题名后“春风得意马蹄疾”的疏狂。笛音中流淌的《折杨柳》，低回萦绕，好像是我心中郁结的愁肠。久别的心上人啊，今夜，你也会和我一样，在淡淡的春寒中凭栏远望，归思难收？是否会让这缕缕凄清的笛音，浸漫我俩生死离别的刻骨的相思。

“昔我往矣，杨柳依依。今我来思，雨雪霏霏。”谁在吟哦《诗经》中的“采薇”？像一声沉重的叹息，重重掷进听笛人的心窝。

“纤纤折杨柳，持此寄情人。一枝何足贵，怜是故园春。”一枚柳笛，一首曲调，万种深情。感应自然的烂漫，依依惜别的缱绻，两地相思的清婉……拙朴、单调的柳笛，却演绎着隽永悠长的人情的况味，仿佛是溪畔的那株老柳，总于春天的日子里，用青青柳色，掩映着岁月的沧桑。

折花，在一树花开的年龄

去年今日此门中，人面桃花相映红。人面不知何处去，桃花依旧笑春风。

春暖花开，满目晴柔。于层层的粉红深处，柴门绿萝轻绕，伊人笑靥如花。最是那回眸一笑，惊艳了岁月，温柔了流年。

一念花开，一念花落。

今年桃花灿烂依旧，却再不见伊人粉面含春，顾盼盈盈。心中滋生的惆怅，如那一蔓绿萝，疯狂生长，恣情缠绕。

劝君莫惜金缕衣，劝君惜取少年时。花开堪折直须折，莫待无花空折枝。

爱情如花，总是盛开在人生最美的年华。青春为蕊，美好为蕾，呵护为萼，温馨成香。爱之缘，便是于最好的年龄，于万千人中，遇见最美的遇见；于桃花源里，邂逅一段桃花缘。

可是，停留是刹那，回首却已是天涯。花不会因为你的疏离，来年不再盛开；人却会因为你的错过，转身为陌路。

假如，当桃花女回眸你的眼神，如春水一样轻柔；当见到你的模样，像水莲花般，不胜凉风的娇羞，你不妨折一枝桃花，撩开柴门绿萝的翠屏，插在她如瀑一样的发鬓，也许，便不会有咏唱千年的，崔护这阕凝泪的叹惋。

一树桃花一份缘，一场惊艳一年华，一世惋叹一刹那，一地落红一烟霞。

一曲《凤求凰》的以琴传情，便产生了汉代那对才子佳人千古爱情的绝唱；一场“月上柳梢头，人约黄昏后”的等待，便氤氲着“隔墙花影动，疑是古人来”的惊喜。

十八里相送，一个人一路传情，托物交心，一个人呆若笨鹅，不谙情事，才最终演绎一场灵魂化蝶的爱情的悲殇。

在青山绿水之间，我想牵着你的手，走过这座桥，桥上是绿叶红花，桥下是流水人家，桥的那头是青丝，桥的这头是白发。

执子之手，与子偕老，徜徉于生命的桥畔，感受爱情的喜乐年华。这份人性自然的旖旎，是源自三月桃花馥郁的芬芳。

期待一树花开，你彩霞般羞羞的笑靥，是我心中永远珍藏的朱砂痣；你展露的一抹皓齿，是我眼里最明亮的白月光。

而要拥有这烂漫于春天的幸福的美丽，仅仅对花开满枝的惊羡远远不够，更要有折花于枝，藏之永远的胆气与执着。

爱情如斯，万事皆然。

迎春，赴一场春水之约

“水是眼波横，山是眉峰聚。欲问行人去哪边？眉眼盈盈处。”

行人是谁？是暖阳下摇摆着身姿的新柳的鹅黄，是春雨中眨巴着眼睛的小草的新绿，是和风里低吟着轻唱的黄鹂的艳羽。

所有花信风的信息，所有氤氲着的春的呢喃，都于山水的眉眼间，款款地飘落，飘落于春水的碧波间，作一抹新春素心的律动。

就趁着这一剪柔嫩的时光，走近那一湾冰凌初开的嫩碧，作一场柔曼的春水之约。

赴一场春水之约，晤一瓣冰心温婉的消融。

水瘦山寒的凛冽中，严冬让盈盈河水，结成一川厚厚的冰凌，一切的生机，仿佛瞬间被凝固，让冰封的日子，晶莹地凝结成冰心一瓣，坚守着洁净的初心；却于静默中不忘汤汤流动的清婉。

当一夜和风，把春水吹成旖旎的模样，清凌凌的澄碧，活泼泼的灵动，绵柔柔的情思，出落成春姑娘冰清玉洁的神韵。

春水之心，是一颗莹莹剔透的玉玲珑。

赴一场春水之约，拥一树花开可心的映照。

如一泓滋补阴阳的琼浆，春水流处，白草渐渐柔曼成碧绿的裙裾，桃李转眼间把洁白与绯红点染枝头，天光云影，也忙不迭地投身于春水的心窝。如果说，春风万缕，复苏了万物的生命；那么，春水一掬，便是纵横天地间的一腔血脉，让她们生生不息，让她们青春焕发，让她们芳华依旧。

像千朵万朵桃花临水映照，浣衣的姑娘们，也把她们脆脆的笑语，灿灿的笑靥，瀑布一样的秀发，沉浸在春水中，小鱼们在她们手心里欢快地跳呀，那开心的样子，真像是一群流浪春水的游子，归宗后被亲人接纳的万般欢愉。再把手放进水中，在清澈与澄碧中，小鱼儿们却久久不愿意散离，围着姑娘们的腿，拥着姑娘们的臂，亲昵地吻着，那种酥痒的感觉，是注入心窝的蜜，是直透神经的爽。

赴一场春水之约，伴一池生灵忘情地嬉闹。

随着春水渐渐变暖，河畔的芦苇，便竖起绿色的旗帜，在春风中招摇着清新的气息。蝌蚪们便如墨色的云，聚拢着嬉闹在苇叶嫩绿的婆娑中。孩子们便会成群结队地来到池边，有的把苇叶折叠成芦笛，嘹亮地吹着，把头顶上的柳丝，吹成鹅黄色的婀娜；有的用细纱做成水舀，把蝌蚪们带回家，放在盆里细细地欣赏，等待着蜕变青蛙的奇妙。

若是落雨的日子，便可撑一叶扁舟，于细密的雨线里纵情春水。凭篷听雨，临窗小酌。于淡淡的醉意里，忆着垆边卖酒的女子，如明月般皎洁的面庞，如雪花般莹白的臂膀……一种浅浅的怅惘，便会像春水一样，于心海轻轻荡漾……

赴一场春水之约，任春色中蜿蜒远去的清碧的背影，刻录进记忆，绵延成永恒，润泽如春水一样，甜甜的、纯纯的生活。

天边，最美的眼睛

夏的夜空，像一块黑水晶，幽幽的微光，把草原掩映成一片淡蓝色的朦胧。坐在呼伦湖畔，看湖面上点点璀璨的星光，扑闪着深邃的幽谧，天边那一对双星，多像他凝望着我的，深情的眼睛。

还记得吗？那一个玫瑰色的夏的黄昏，洁白的羊群，已经披着一身红装，缓缓归来，淡紫色的暮霭，沉沉地洇漫。和往常一样，我总会来到湖边洗漱，任满肩的长发，在湖水的清澈中泼洒。

而马头琴的流响，就这样从湖的那边款款飘来，淡淡的忧伤，如落在金莲花叶子里的一抹残阳；绵绵的悠长，又如遥接着天际的呼伦湖水。拉琴人席地临水，那双幽深幽深的眼睛，多像天边的那一对双星。

从此，这个男子，就伴着琴声琴韵，连同那个玫瑰色的黄昏，一起走进了我的心田。

从此，我和他美丽的故事，就如同野草花一样，点缀着烂漫的草原。

我总喜欢边放牧着羊儿，边挥舞着鞭子，让牧歌像鸽子花一样，开遍青青的牧场。

一匹黑骏马，就会如黑色的闪电，疾驰过来。一袭红色的长袍，像风中舞动的猎猎的火焰，燃烧着他一身粗犷，也燃烧着我的心房。套马杆纵情挥洒，一匹匹健硕的蒙古马，就像一个个温驯的孩子，陆续被依在他的身旁。

这个时候，我就会撇下我的羊群，来到他的身旁，跨上黑骏马，闭上眼睛，依偎着他宽厚的背，闻着他身上男人的味道，倾听草原上的风儿，从我的耳畔呼呼吹过。这一瞬间，好像整个草原都倏忽隐去，只有嘚嘚奔驰的黑骏马；只有我倚靠的，他的伟岸。

黑骏马好像知道我们的心事，跑着跑着，它会突然停下来，扭着头静静地望着自己背上的主人，然后是嘶嘶地仰天长啸。他就抱着我从马背上下来，和我一起，躺在草地里，看雄鹰在白云里展翅，看白云在蓝天下舒卷着柔姿，冉冉地飘向天边……

我会采来好多好多的野花，让她们簇拥在左右。红红的山丹花、黄色的金莲花、白色的芍药……仿佛是五彩缤纷的晚霞，把我俩相依相偎的日子，晕染得红红火火、绚丽而明媚。

他告诉我，他叫巴雅尔，大学刚刚毕业，却报名考上了南方的一所军校。他说，蒙古是骁勇的民族，自己的血脉里，流淌着成吉思汗的血液，就要穿上军装，投笔从戎，行伍报国。他说话的时候，眼睛火辣辣地望着我，坚毅的眼神，仿佛是天边的一对双星。

那一晚，他为我拉了一曲《天边》，拉了一遍又一遍。琴音悠悠，余韵袅袅。落在琴弦上的清泪，在月光下，变成一颗颗熠熠闪光的珍珠。

“你看，天边有一对双星，他是我凝视你的眼睛。劳燕分飞的日子里，想我，就看看她扑闪着深情的模样……”

今夜，我又坐在呼伦湖畔，我俩初恋的地方。看湖面上点点璀璨的星光，迷离着深邃的幽谧，天边那一对双星，多像他凝望着我的，深情的眼睛！

莲的等待

自从我一袭纨素，身心洁白，从佛的身旁翩然落下，亭亭净直于这方青碧碧的南塘，我总是洁身自处，凌波玉立。南风的和暖，丽日的明媚，雨水的泼洒，蛙声的轻唱……这一切造化的谐和，总是生动地应和着夏的流韵。

既然代表着佛清净的法身，庄严的报身，我总是恪守着叶如碧水，清自中生；根如美玉，不着诸色；花茎虚空，不见五蕴；不枝不蔓，无挂无碍。好像我身旁这池镜面一样的水，温婉着平和的静谧。

可是，这一切，都在那个夏天的一阕琴韵里，于乍起的风中，如褶皱的池水，不复平静了。

和往常一样，我用自己洁白的笑靥，好奇地打量着这片红尘的世界。虽不是极乐佛界的净土，可是，那方云卷云舒的碧空，那片淡淡倦倦的檐楹，那座水墨参差的水榭，还有那些从我身畔欸乃而过的画船，总是有更多的鲜活与灵动。

而那位抚琴的男子，宛在水中央。一身素衣，一朵盛开的白莲；一双清眸，一池冷冷的秋水。轻轻拨弄着琴弦，琴声琴韵，便如蜜饯一样，款款注入我的莲心。

我不会忘记他偶尔投给我的，深情的笑，那一刻，我的身影，似乎已经悄然摄入他的眼波，我所有的世界，都摇曳在他莞尔浅笑的酒窝里。

相伴佛的日子里，梵音佛诵，总是萦绕于我的耳鼓，沉淀于我的心坎，让我的缘心，如水一样沉静；可是，这阕如天籁般美妙的琴韵，每一个音符，都如一只纤细的手，撩拨着我吐着花蕊的莲心，让我的心房，像风儿拂过，阵阵颤动。

他竟然移船来到我的身旁，轻轻抚摸着我生香的身子，静静端详着我皎洁的花容，好像还听到他深情的赞语——这世上，还会有比白莲花更圣洁可爱的人吗？

忽然想起一位女诗人的诗话："在这个讲求缘心如水的极乐天空里，有万物自得的相知相属，有各自修为的佛缘高低，也有讲经佛法的天花乱坠，却没有尘世的赞美与喜欢。"

这一句入情的心语，我忽而觉得，南风的和煦，倏忽浸入我的肌骨，荡漾在我的心海。

我曾听佛说过，这一世所有的相遇，都是上一世的重逢。爱了，是续写前世的故事。恨了，是了却前尘仇怨。没有哪次相遇可以准备，没有哪次重逢可以预演。生命是一场情理之中的意外。

难道我和他瞬间的偶遇，是前世我俩爱的延续？难道那一缕琴音，是点染我荷香莲韵的天外最美的韶乐？

从此，我就越来越站立成伫望的模样，越发倾心于自己花容的艳丽。晨曦初显，红红的朝霞掩映着我的脸，多像我见到他一低头的羞赧；风儿吹过，我的身子激灵着轻颤，又多像我忐忑着的驿动的情思。

就这样痴痴地等待，等待白衣男子绰约池畔的身影，等待那一缕缕浸染着我喜怒哀乐的琴声。

可是，等到西风袅袅地吹起，等到西风染黄了我的绿裙，等到我美丽的容颜簌簌地凋零……琴声，却像夏虫一样，悄然地隐去，只留下一汪汪清泪，在残荷的枯黄与憔悴中泻落。

“多一分情又怎的？站在别人的雨季，淋湿自己空弹一出戏。空望他，功名成就又怎的？豆腐换成金缕衣，岂不知你已在画里……”

一叶渔舟，从我的身旁飘然而过，渔翁把歌声，洒落在清清的水里……

夏夜，活色生香天籁远

“夏夜追凉月满庭，谢家池上旧山青。自惭无物堪酬谢，只把禅心伴月明。”

当火红的晚霞于桑榆梢头悄然褪去，当紫色的山岚悠然融进翠峦黑魆魆的背影，当鸟儿驮着天光隐于 淡青色的林海，夏夜，便拉起黑色的帘幕，款款走进光阴的深处。

如果说，春夜有“月上柳梢头，人约黄昏后”的浪漫，秋夜有“玉人何处教吹箫”的清远，冬夜有围炉夜话，红袖添香的情致；那么，夏夜，便在幽远的天籁声里，洇漫着活色生香的流韵。

夏夜的色彩最鲜活。鲜活的亮色从天河银银的波涛里恣意地铺展。这条迷离地流泻着的河流，源头在哪里？渺茫的苍穹，何处是她的皈依？天河无语，只有立于两岸的牵牛和织女，一年又一年脉脉的守望。

星星点灯，把夜空点缀得璀璨而斑斓。她们眨巴着眼睛，新奇地俯看着那颗蓝色的星球上，和自己一样的亮亮的星辉。那一条条流光溢彩的长龙，多像自己身旁的蜿蜒远去的银河。那些提着绿幽幽的灯笼，悄悄逡巡着的萤火虫，多像自己经年的兄弟。池塘洒下一片星光，水面上游弋的萤火虫，也似乎找到了新的朋友，熙熙攘攘地聚拢过来，仿佛要举行一场水上相亲的盛会。

夏夜，总是浸染着隐隐约约的淡淡的香。白天烈日强有力的光合作用，让瓜果们氤氲着诱人的香甜。夜风吹过，便丝丝缕缕钻进纳凉人的衣襟。孩子们便会光着屁股，凫水到瓜蔓青郁郁的叶下，狼吞虎咽地饕餮着，把肚皮塞得像西瓜一样圆。等到草棚里的瓜农醒来，他们已经如泥鳅一样，钻进荷塘密密的荷叶中……

荷花的香味，往往吸引着在月光下徜徉爱情的恋人们，他们会驾一叶扁舟，在如水的月色中采莲。姑娘的脸，像天上圆圆的明月；一袭裙裾，像水面田田的荷叶。男孩则是划着桨，在欸乃的橹声中唱着情歌，萦绕在荷花丛中，有甜甜的荷花的香气。那双深情的眼睛，像潋滟着月光的一塘清亮亮的水。

这个时候，稻田里、树林中、池塘畔，蛙声便如痴如醉地响起来。忽高忽低、忽疾忽徐、忽止或续……好像为这对缠绵的恋人，演绎一阕喜悦的合奏。

好像是心动于这曼妙时光的晕染，不知道静卧枝头的哪一位玄鬓公，耐不住寂寞，扯开嗓子鸣叫起来，惹得绿叶中的流响，此起彼伏地潮涌起来，把染香的夏夜，拉得隽永而悠长。

一条大鱼，忽然高高地跃起，又泼刺着跌落，把满池月光，砸成白花花的碎银，惊起苇丛里的野鸭，扑棱棱地掠向蓝蓝的夜空……

哦，这有声有色的夏夜，这有滋有味的生活。

心清如水，枕书消暑

时属大暑，正处中伏，烧烤模式已经开启，空气中热浪滚涌，烈日下大地发烫。人们依着空调蜗居，不得已外出，也是从上到下罩得严严实实，生怕被紫外线无情地灼伤。

眼前的景致，不由让我想起先人们外融自然，内修品性的纳凉消暑法。

“赤日几时过，清风无处寻。经书聊枕籍，瓜李漫浮沉。兰若静复静，茅茨深又深。炎蒸乃如许，那更惜分阴。”

读宋人曾几写的这首《大暑》，透过“赤日”“炎蒸”等字眼，眼前就会浮现“烈日炎炎似火烧，野田禾稻半枯焦”酷热的惨烈。

在缺少现代消暑工具的古代，如何于燥热中寻一份静好，于浓夏中憩一方清凉？

“经书聊枕籍”，于枕畔翻一卷泛黄的经书，神游其中，让书香诗韵晕染自己的身心。于庄子《逍遥游》中，邂逅一位不怕热的姑射仙子，肌肤若冰雪，绰约如处子，乘云气，御飞龙，游乎四海之外。即便金石消熔，大山焦化，也觉清凉如初。

“瓜李漫浮沉”，和曹子建一起，“浮甘瓜于清泉，沉朱李于寒水”。这些消夏的瓜果美蔬，一经泠泠的冰泉浸染，便如今天的冰镇冷饮一样，清冽、甘甜、爽心……直透嗓间六腑，款款凉意，洇漫身心，挥之难去。

再则，就是心安一抹浓荫，隐身林泉之畔。“兰若静复静，茅茨深又深”，于幽幽蝉声中，沉沉花香里，拈花微笑，静习禅定，让浩浩天风斑斑日影，婆娑一片清幽的净土。

“何以消烦暑，端坐一院中。眼前无长物，窗下有清风。散热有心静，凉生为室空。此时身自保，难更与人同。”再读香山居士的《消暑》，已然没有炎炎酷热，只有飒飒清风，丝丝凉意，盈盈地缭绕。

浅秋，候一场清凉凉的雨

一场好雨，总是深谙时节，善解人意：譬如润泽如酥的春雨，催生着一个个新崭崭的生命；恣情泼洒的夏雨，滋补一片片干枯枯的大地。新秋伊始，于“秋老虎”的肆虐与狂躁里，更期待一场清凉凉的秋雨，洗出一个亮湛湛清爽爽的秋。

候一场秋雨，如约一位明眸善睐的姑娘，温婉可人，总有赏不尽的美丽。

雨后初晴，秋的天空，像一汪澄澈的海，冉冉舒卷的白云，像一叶叶掩映着碧涛的帆，在蓝莹莹的广袤中游弋。晴空一鹤，排云而上，秋的韵致，便扶摇成一阕诗意，烂漫地在碧霄洇漫。

秋夜，如清水里淘洗过的黑水晶，深邃着黑魆魆的幽谧；而亮亮的银河，就越发灿烂地明媚。七夕天河上的墨羽，搭起一段凄美的爱情的神话，也定格为一双双瞩望爱情的眼睛里，深情的画。

一枕新凉，沐浴着一天星辉的照耀，浅浅地铺展，晚风拂过，清凉如水，一颗颗被溽暑炙烤的心灵，恬静而安适，深深地睡去。

花果们却心思律动，甘甜的雨水，像一滴滴芬芳的奶酪，让这些秋花秋果们甜蜜地生长。沉静的夜晚，荡漾着甜滋滋的香味：梨香香的，葡萄甜甜的，还有苹果、橘子、丝瓜……一嘟噜一嘟噜挂满枝头，沉甸甸的希望，浸染在亮晶晶的雨滴里。

雨水如酽酽的酥酒，清冽着新秋的甘醇。一夜的啜饮，让太阳的脸，红彤彤的娇媚。庄稼们醒了，高粱们笑红了脸，稻子们笑弯了腰，玉米们笑破了肚皮，棉花们笑得咧开了嘴……

农家的院井里，一抹翠碧，拱卫着一方清新与宁静。葡萄架下，凌霄花畔，绿影婆娑着盛满瓜果的案几。红瓤西瓜、绿瓤香瓜、白生生的红薯、黄灿灿的玉米……农人们在忙着咬秋。溢满庭院的笑声，如一藤修萝，依着青黛色的院墙，袅袅地遥接着天际。

浣衣的姑娘们踏月归来，如白莲花一样皎洁；脆脆的笑语落于水面，冷冷的秋水，便揉碎一池清辉。采莲的小舟，却缓缓划向荷塘深处。飘飘的裙裾，如袅袅娜娜的荷叶，荷叶上一粒粒晶莹的水珠，在西风中悄然落下，仿佛是流泻着的盈盈的月光。

候一场秋雨，候一朝良辰美景，候一回赏心乐事，候风调雨顺，岁月静好。

秋在深巷已十分

小巷深处的秋，斑驳着老墙上青郁郁的苍苔，有一种穿越时空的深邃、幽谧、沧桑。缀满青藤的牵牛花的蓝朵，写意着秋的底色，仿佛是一张蓝莹莹的名片，洒落于小巷的一角一隅。

落于深巷的秋，和大野的苍茫，有着截然不同的情致，近乎婉约之于粗犷，内敛之于豪放，清纯之于斑斓。西风神奇如一支无形的彩笔，把秋色的缤纷绘于广袤的无垠。金黄的稻菽、火红的枫叶、澄碧的秋水、青黛色的远山，还有舒卷在湛蓝天幕上的白云……雄浑着天地之间无涯的绚烂。

小巷的秋，是那抹摇曳于篱落间的菊黄，是那串滴翠于窗棂畔的葡萄，是那掬撒落于青石板上的落红。寻常巷陌里再也听不到紫燕的呢喃，檐楹下参差的窠巢，如一双双青青的眼，向南方作深情的眺望。而驯鸽嘹亮的哨音，总是唤醒着小巷每一个瑰丽的黎明。

谢家祠堂旁的那株老槐，把雪一样的落蕊，纷纷扬扬地飘落，一如树下老人缕缕亮亮的银丝。落叶归根，漂泊一生的游子，终于踏着深巷的秋色，回归家的怀抱。浊泪滚涌间，他依稀听到孩提时，于篱落旁挑灯抓蟋蟀时开心的笑语；看到少年时，于老槐的绿荫里张网捕知了时敏捷的身手；忆起了青年时，于秋雨染湿的青石板上，老祖母拄着拐杖，佝偻着身子，为去远方求学的孙子，默默地祈祷……

往事随风，如落叶一样，于小巷深处凋零；只有夕阳，还日复一日地，把落照挂于淡蓝色的暮霭里，轻轻地荡漾。

总喜欢洇漫于小巷里烟火的味道，闻着，嗅着，便如巷尾的那口老井一样清冽。老井蜗居于岁月的深处，和小巷一样古老，汪汪一碧的井水，倒映着历史天空下唐风明月，掩映着小巷人一代一代的酸甜苦辣。井水无痕，任流年风起，仿佛小巷清清淡淡的时光。

秋风起了，秋雨落了，一把把七彩的花伞，把小巷汇成一幅流动的明媚的画。可是，那把曾为小巷撑起一阕阕古老故事的油纸伞，已经和她身旁的老墙一起，悄然地剥落……

芦花飘雪秋水长

灵魂是心性的秋水，秋水是造化的灵魂。若是问哪一种景致，最能涵盖秋的况味，便是那泓蜿蜒古今，纵横八荒的秋水了。

秋水从诗经中款款而来，蒙蒙地，荡漾着澹澹的轻烟。“蒹葭苍苍，白露为霜。有位伊人，在水一方。”那位缦立水涘的女子，纤纤素手，是凝脂皜腕的霜雪；亮亮明眸，是汪汪一碧的秋水；飘飘衣袂，又好像是翩然欲飞的凌波仙子。彻骨的相思，让秋水一方的男子，嶙峋如一枝芦苇，苍黄地清瘦。一任漫天飞舞的芦花，与流霜一起，轻轻地，轻轻地，晕染着如秋水一样蕴藉的清愁……

秋水在庄子的濮水畔静静流过，盈盈地，沉淀着澄澈与明静。面对着奉楚王之命，前来劝自己入相的使臣，庄子临水不顾，持竿伫立。清水浴德，秋光养性。一湾秋水，一枝钓竿，让他彻悟了摇曳泥淖无拘无束的珍贵。清清沧浪水，可以濯我缨。于天清气朗，山明水秀的明媚中，枕石清流，让道德的大树，守护着心灵的月亮，藻洁着如秋水一样隽永、蕴藉、深邃的思想。

秋水随浣衣的姑娘们脆脆的笑语潺潺流淌，倒映着竹影的婆娑，沉沉的，有斑驳的禅意。“世事三秋水，花树一菩提。”智者乐水，秋水的纯净，掩映世俗的污浊；秋水的温润，反衬着人情的薄凉；秋水的不舍昼夜，折射着“逝者如斯夫”天道的不息与永恒。

“行到水穷处，坐看云起时。”在秋水畔静习禅定，诗人王维总于云水间拈花微笑，于情深处修篱种菊。如何在世相白云苍狗的幻化中心清如水，笃定一溪温情？唯听，落花无语；唯见，秋水脉脉。

秋水依一叶渔舟轻轻铺展，凝碧的波痕，漾起一池柔柔的丝绸。渔家的女子，收拢着丝网，也收获着鱼儿。鱼儿翘动着尾巴，在姑娘的怀里跃动，把船儿也拨弄得晃晃悠悠，好像一个醉醉的汉子，在水中央转悠。别怕，就让船儿从流飘荡，任意东西吧，那芦花飘雪的秋水之湄，是诗意的栖居。

打鱼归来不系船，江村秋水正堪眠。纵然一夜风吹去，只在芦花浅水边。

秋风渐劲，秋色正好 。捧一掬秋水浅饮，品味清凌凌蓝莹莹的人生。

晚秋，一阕人生的天籁

自然因循着天道，季节关联着人事。如果说，春拔节着青春的成长，夏葱茏着人生的芳华，冬蕴藏着岁月的厚重；那么秋的隽永与况味，便晕染着人性的光辉。

灵魂是心性的秋水，秋水是造化的灵魂。秋水从庄子的濮水畔静静流过，盈盈地，沉淀着澄澈与明净。清清沧浪水，可以濯我缨。于天清气朗，山明水秀的明媚中，枕石清流，让道德的大树，守护着心灵的月亮，藻洁着如秋水一样蕴藉、深邃的思想。

叶陨岁深，叶黄知秋。像一张张人老珠黄的脸，那一枚枚翠黄，婆娑在岁月的深处，如秋蝶般静美。“渥然丹者为槁木”，在秋风秋雨的肆虐中日渐枯萎的生命，却在纵横的叶脉里，奔腾着绿色的血液。像金币一样，叮当落地的红叶，燃烧着鲜红的火焰，掩映着桑榆的夕照，诠释着老而弥坚、不坠青云之志的壮心不已。

“秋野如怀，且坦且荡。”刚刚收割完的田畴，息隐了稻菽万重的金浪，褪去了秋果盈盈的绯红，天地苍苍，惟余莽莽。却以一种阔大的胸襟，席卷着无边落木萧萧下，囊括着潇潇暮雨洒江天，包举着不尽长江滚滚来。辉映日月，经纬天地，气吞山河。

落花无言，人淡如菊。“不是花中偏爱菊，此花开后更无花。”当西风吹过，满地生金，便在菊花酒淡淡的醉意中采菊东篱。远眺南山眉峰聚，近看秋水眼波横，淡泊幽远的情怀，如暗香盈袖，浸染身心。红尘的纷扰、世俗的落寞、人情的薄凉，皆随秋风而逝，只留下菊花如霞，于烟火的明灭中洇漫缕缕浓香。

人生如秋，便有秋水的清透，秋叶的静美，秋野的豁达，秋菊的淡然。

秋落心海染清愁

当一点秋思落入心湄，当一叶翠黄飘进秋海，一缕淡淡的清愁，便随一抹残霞，在世事的心河里轻轻荡漾开来。

一袭西风袅袅，一抹苇叶飘雪，一声芦笛轻唱。在水一方的佳人，如淼淼水涘的一叶苇花，缦立成秋水的清寒。相思莹莹如白露一颗，晚秋的萧肃，却把她郁结的衷肠，凝结成薄薄的清霜。

雾霾沉沉，河道弯弯，心儿摇摇：韶光易逝，岁月已秋，落寞人情归何处？如蒹葭一样青春拔节的心事，是否真的已经于秋寒霜重中一天天的枯黄？

一枚黄叶，如翩翩的蝴蝶，把长亭婆娑成斑驳的背影。古道漫漫，西风萧萧，马儿迍迍，人儿迟迟。酒杯已经和泪眼一样干枯，柳条却如佳人的纤纤素手，萦绕着远行人踽踽的行囊。四围山色中，一鞭残照里。

荒村雨露，野店风霜，从此，断肠人在天涯。唯见霜林如醉，浸染着离人白露一样凄凄的清泪。

羌管悠悠，浓霜满地。孤城一片，群山逶迤。绵绵关塞外的笛音如泣如诉，吹落成梅花的凋零，将军白发撒落着乡思的种子，却生长成满地冷冷的清霜，任沉重的叹息，敲碎温馨的梦乡。

寒蝉凄切，啁啾着晚秋的忧伤，古琴流淌着《雨霖铃》的清音，佳人却再不能红袖添香，任含泪的双眸，粼粼如秋水般荡漾 。今宵酒醒何处？唯见秋月弯弯，如玉簪一枝，悄悄斜插着梦中人如柳丝一样飘曳的发畔。

一缕月光，洇漫着桂花如瀑布一样的浓香。每当绿玉枝头，金蕊摇黄，暗香就泛滥着百结的愁肠。一阕红楼，承载着多少相思的春梦，醒来却依然一枕苍凉。任清瘦的背影，悄悄掠过陌生的浮梁。

唯听，一夜寒蛩不住鸣；唯见，雁顶青天字一行，家的灯光明灭着寒星几点，归来却零落成生死茫茫，任归路弯弯，像梦一样悠长悠长……

静秋，净秋

秋如一池莲花，总会于西风袅袅中，吐蕊一荷静谧，绽放满茎安然。静秋、净秋，是佛前一双沉静的眼，一颗洁净的心，于尘世的喧嚣、芜杂中因时而生，是自然馈于人事的造化。

秋之韵致在于“静”。唯静生禅，有不可方物之趣。

七月流火，暑气渐消，枕席生凉。最惬意深院幽居，身卧一溪闲云，襟间一椽烟火。篱落间，爬满一簇簇豆花，白的、紫的、红的……如一枚枚斑斓的蝴蝶，灵动着婀娜的柔姿。菜畦里，瓜蔓纵横着，蜿蜒着，葳蕤着，冬瓜、倭瓜、南瓜……愣头愣脑地疯长着，像刚落地的娃娃，憨憨着翠生生的模样。而交错着悬挂在天井中央的丝瓜、吊瓜们，在主人眼前，显摆着她们苗条的身段，戴着黄白的花。凉风过处，迢递着淡淡的清香。

晚霞落了，暮霭起了，茅屋中便晕染着鹅黄色的柔光。蟋蟀们就会如潮水一样，清亮亮地合奏起来。或高或低，或急或徐，或歇或起……孩子们就挑着灯笼，忙不迭地捉起蟋蟀来。篱落旁、柴垛间、草丛里，灯火闪闪烁烁，好像夜空中掉落地面的星子。孩子们只想把这些秋夜的歌手请回笼子里，挂在床头，静静地聆听，让秋夜的天籁，静静地在梦境中洇漫。

虽然有约，客人却是迟迟未至。寂寂人定，夜已深沉。主人边闲敲着黑白的棋子，边细挑着欲落的灯花。静静处，有妻子轻轻的鼾声，有蟋蟀浅浅的吟唱。

与日月同起同息，似白云忽卷忽舒，原来，岁月是如此静好。

秋之品质在于“净”。如空山新雨，如秋水初漾，有冰清玉洁之魂。

净秋随秋月冉冉升起，冰轮流转，皎皎无瑕。月宫中，婆娑着桂影参差。吴刚酒玉液琼浆，引颈豪饮，便倾泻成一条浩渺的银河。嫦娥起舞，清影曼妙，碧海青天。任人间红尘滚滚，一夕秋夜，便随金风玉露，红烛秋光，月下照无眠。

人事也如此。譬如诸法，在自性中，如天常清，如月常明，偶为浮云盖覆，上明下暗。忽遇风吹云散，上下俱明，万象皆现。

净秋依秋水款款而流。清水浴德，秋光养性。一湾秋水，澄澈天地，一枝渔竿，垂钓古今。清清沧浪水，可以濯我缨。于天清气朗，山明水秀的明媚中，枕石清流，让道德的大树，守护着心灵的月亮，澡洁着如秋水一样隽永、蕴藉、深邃的思想。

“行到水穷处，坐看云起时。”在秋水畔静习禅定，伴诗人王维一起，于云水间拈花微笑，于情深处修篱种菊。如何在世相白云苍狗的幻化中心清如水，笃定一溪温情？唯听，落花无语；唯见，秋水脉脉。

净秋如莲花，既然代表着佛清净的法身，庄严的报身，总是恪守着叶如碧水，清自中生；根如美玉，不着诸色；花茎虚空，不见五蕴；不枝不蔓，无挂无碍。如身旁这池镜面一样的秋水，温婉着平静的柔和。

静秋，净秋，垂照着清秋永恒的日月。沐浴光辉，永乐未央！

听蝉，听禅

蝉鸣，是夏的乐章中最美的合奏。你听，绿槐深处、翠柳枝头、檐楹影中，那一声声时疾时徐，时高时低，时起时歇的流响，仿佛是曲曲天籁，阕阕梵诵，把浓浓夏韵，幽幽禅意，深情地表达。

只为这一夏高踞枝头，引月揽云，栉风沐雨的吟唱，蝉们蛰居泥土，于沉沉黑暗漫漫长夜眷眷等待中煎熬着上千个日子的期盼。坚韧、执着、忍耐、信念，哪怕失却这些品质中的一点点，也许就没有蝉们破土振翅，啜饮清露，高歌云端的君子之风，脱俗之致了。

片刻的惊艳，往往历练着经年的磨难，蝉如是，人事亦然。

待秋风乍起，落木萧萧，蝉们便如一枚枚黄叶，簌簌地凋零。一个夏天的清唱，随落叶一起，在泥土中悄然消融。当有些人怜惜于蝉们韶华易逝，生命短暂的喟叹时，她们却安然淡然，无怨也无悔；奔赴死亡，仿佛是赴一场初生便有约的盛宴，优雅从容。一生中时刻不忘歌唱，是蝉的宿命，更是夏的每一个精灵回报自然的奉献。

生命的价值，不在于它的长度；活着的意义，更在乎对生他养他的世界，报答了多少。

“垂緌饮清露，流响出疏桐。居高声自远，非是藉秋风。”每每吟咏唐人虞世南这首咏蝉绝句，常常沉醉于秋风夕照中寒蝉的啁啾。如泣如诉，如怨如慕，此起彼伏，不绝如缕，是大自然最美的物语。

“居高声自远。”只有来自云端的音籁，才会如此沁人心脾，摇曳着岁月的沧桑，绵延到远古，源远流长着人事的况味。

“高居”之于人，当然不仅仅是地位之尊，身份之贵，更应是学识之博，见识之远，德行之厚。高山仰止，景行行止，才不必依藉“秋风”，“桃李不言，下自成蹊”。

因而，古代的一些仁人志士，当他们时运不济，命途多舛的时候，往往以蝉自喻，托蝉言志。骆宾王身陷囹圄，怜玄鬓孤影，叹白头沉吟。“无人信高洁，谁为表予心？”李商隐不堪“朋党之争”，茕茕孑立如一只秋蝉，“五更疏欲断，一树碧无情”。他深知，“本以高难饱，徒劳恨费声”，只能让一腔愁绪随蓝田生烟，让一泓泪水伴沧海月明。

夜色染秋清韵远

笼于四时的夜，自有其独特的韵致。譬如春夜的妩媚，夏夜的浪漫，冬夜的深沉。至于秋夜，我自多一分喜爱。她似乎是一块温润的玉，抑或是一轮皎洁的月，银碗盛雪般地，剔透着岁月的玲珑。

秋夜，有挑灯篱落的一笼虫趣。那一阵阵此起彼伏的虫鸣，润着秋凉，吟着秋声，饮着秋露，在《诗经》中浅唱，在《古诗十九首》中低吟，在《木兰辞》的机杼畔萦绕，在《小重山》的琴弦上幽咽……寒蛩声声里，故园的黄叶落了，南塘的荷叶枯了，檐楹下的燕子走了，锅灶间忙碌的母亲头发白了……

待暮霭掩去了晚霞，茅屋中便晕染着鹅黄色的柔光。蟋蟀们如潮水一样，清亮亮地合奏起来。或高或低，或急或徐，或歇或起……孩子们就挑着灯笼，忙不迭地捉起蟋蟀来，篱落旁、柴垛间、草丛里，灯火闪闪烁烁，好像夜空中掉落地面的星子。孩子们只想把这些秋夜的歌手请回笼子里，挂在床头，静静地听，让秋夜的天籁，静静地在梦境中洇漫。

寒蛩夜吟，是自然的物语，也是秋夜的梵音。娓娓絮语中，倾诉着多少秋的心事？

秋夜，有静卧天街的一夕相思。“银烛秋光冷画屏，轻罗小扇扑流萤。天街夜色凉如水，卧看牵牛织女星。”七夕的夜晚，于牛郎、织女星辉的照耀里，沉醉了多少双仰望爱情的眼睛。

七夕，渺茫的星海，璀璨的银河，见证着千古爱情的凄美。有情人隔河而望，“盈盈一水间，脉脉不得语”。相思的泪水，伴银河滚滚清流而去；残缺的梦影，依斑斓星辉而留。却于悱恻的情爱中涅槃成别样的惊艳。成千上万只喜鹊 ，翔集在银河之上，舒展墨色的羽翅，绵延成一座温和柔软的“鹊桥”，让七月七日的夜晚，定格为爱情的节日，那流泻于夜空中澎湃的银河，那横贯于银河上多情的鹊桥，那扑闪着迷离的牛郎、织女亮亮的星座，还有他们感动天地，绝唱古今的爱情，莫不是有情人美丽的神往。

秋夜，有静敲棋子的一缕闲情。晚风如水，枕席生凉。最惬意深院幽居，身卧一溪闲云，襟间一椽烟火。虽然有约，客人还是迟迟未至。寂寂人定，已经快夜深了。主人边闲敲着黑白的棋子，边细挑着欲落的灯花。静静处，有妻子轻轻的鼾声，有蟋蟀浅浅的吟唱。

心有所待，一夕寂寥的清光，也有桃花潭水一样深情的期待。

况且有盈盈的月光，如白玉盘一样，流泻着汩汩的清辉。索性吹灭银烛，任一身缁衣，在月色中浸染。

“不堪盈手赠，还寝梦佳期。”其实，不需要多少仪式感，一只秋虫、一泓天河、一掬月光，已经把秋夜，晕染得清韵悠悠，诗意沉沉。

秋天，吹过草原的天籁

是谁，又把长调悠悠地唱响？如贺兰山脉一样的绵长，如呼伦湖水一样的深沉，如秋风吹过草原一样的沧桑。

敕勒川，阴山下。天似穹庐，覆盖四野。天苍苍，野茫茫，风吹草低见牛羊。

祖祖辈辈，世世代代，游牧人把生命，托付给这片一望无垠的天高地迥莽莽苍苍。逐草而牧，临水而居。蓝天上舒卷着白云，飘落在草原，便是绵延的羊群；湖水中盛开的白莲，参差于民居，便是绰约的毡房。日出而牧，日入而息，日子像额尔古纳的河水，舒缓着浅浅地流淌。

长调，那种纡缓从容，幽远安详的韵律，是融身自然，天人合一生活方式的音乐表达。春天，草原盛开着绚烂与斑斓。黑色的藜芦花、红色的山丹花、黄色的金莲花、蓝色的鸽子花、白色的芍药花……簇拥成飘香的花海，把蒙古包打扮成染着花香的蘑菇。牧羊归来，少男少女，在黄昏玫瑰色的晕染里，放歌，舞蹈，尽情享受着青春的韶光。夏日，烈日与暴雨，让牧场葳蕤成绿色的葱茏，马儿膘肥，羊儿体壮，草原上的一切，似乎都是血脉偾张，昂扬着生命的恢弘。秋天很短，草儿悄然变黄，大雁刚刚南归，一场暴雪，就把草原，推进寂寥的冬。只有那缕缕淡蓝色的炊烟，氤氲着的马奶酒的香味，才弥散着烟火的闲适与温馨。

长调，还流淌着一种淡淡的忧伤。这些成吉思汗的子孙，马背上的民族，曾用自己的马刀，把中世纪欧洲的黑纱挑落，把东方文明的曙光传递与照耀。然而，当强盛衰微，风光不再，他们又回归到灵魂原始的归宿，在翠黄的衰草里，在如血的残阳中，咀嚼着流着鲜血的心灵。仰望长空，雄鹰依然那么矫健，可是，射雕的强弩安在？射雕的英雄是否还在笑傲苍茫？只有悠悠长调，于月黑风高的夜晚幽幽地唱起，是在追忆辉煌的过往，还是在忧患着草原人的明天？

匍匐在祖先跪拜的地方，祈求昨日的荣光。这片诞生着英雄的土地，总是炽热着赤子的衷肠。长调熔铸的对母亲真挚的情感，随阳光一起，洒满千山万水，天圆地方。长调响处，永远是心灵最妥帖最温暖的安放。

谁家羌笛暗飞声，散入春风满毡篷。今夜笛中闻长调，何人不起故园情？就让这阕游牧人的天籁，飞扬着心灵的浪漫、自由，庇佑着她的儿女，永远幸福吉祥。

秋，一溪云从心头飘过……

一夜西风袅袅，改变了天上云的模样。夏天的那种乱云飞渡、黑云压城、群魔乱舞般的恐怖与狰狞，转眼间被秋风一扫而去。纤云弄巧，婀娜生姿。此刻，有一溪秋云苒苒而来，从我的心头，轻轻飘过……

云朵从童年飘来，掠过我生命的原乡。于翠微间依依萦绕，恣意舒卷。那一片片柔柔的洁白，多像我放牧的一群群洁白的绵羊。山顶上、白云间，有雁阵与云彩结伴南飞，浮云变幻着“人”字形的雁阵，或一撇，或一捺，或浑然隐去，只有一声声雁鸣，清肃着高远的天际，让广袤的秋野，多了几分静谧。

晚霞落了，暮霭起了，山岚便如一袭长袖，于山腰间款款挥舞。母亲唤儿的呼喊，就会从炊烟洇漫的地方急促地响起。于是，鸟儿急匆匆地归巢，羊儿慢吞吞地下山，星星静悄悄地升起……羊群好像一片云朵，飘进秋夜，飘进村里人的梦里。

七夕的夜晚，银河如去年一样，在夜空中亮亮地流淌，牵牛和织女又会在鹊桥的墨羽中相会，母亲又如数家珍般地重复着天河畔爱情的故事……偶尔有彩云从银河旁飘过，母亲就动情地对我说：“孩子，天上一片片云朵，都是织女纺的丝绸。织女手巧着呢！她会纺云锦，织晚霞。七夕到了，你看天上的云，越来越好看呢……”

其实，母亲的针线活，和织女一样，巧着呢！穿着母亲做的新衣服，走到哪里，都会引来村里人的羡慕，围观，赞叹……如今，母亲驾着她裁剪的彩云，到天上去，再也不回来了。每每有秋云从头上轻轻飘过，我就会想：是母亲想她的儿女，回来看看了吧？

庭院里桂花开了，花蕊如粟，暗淡轻黄。中秋的月华，就浸染着浓浓的桂花香，撒遍小村的一角一隅。

总是风调雨顺，丰收的秋天就分外喜庆。圆圆的月亮，圆圆的中秋，圆圆的祈盼。母亲虔诚地拜着月亮，一串串紫皮葡萄、一瓣瓣红瓤西瓜、一盘盘剥好的白色的菱角……还有桂花馅子的月饼，琳琅地摆满桌面，萦绕着渺渺的香气，啜饮着莹莹的秋露，晕染着盈盈的月光。

偎依桂树席地而坐，任凉风如水，浸透落满花香的衣襟。于细碎的花隙中，看月亮斑驳的脸，看一片流云从桂树梢头冉冉飞过，就想到一地花香，是乘云飘过的嫦娥温婉的体香；浸染着月光的树冠，多像月宫里开满桂花的树……

时光如白云悠悠，悄然飘去。却留下一颗雨做的心，于午夜梦回时，常常伴着我的泪水簌簌飘落。童年走了，母亲走了，记忆中的故乡，也走了！只有来自心灵原乡的云，像一块洁白的手帕，时时擦拭着我婆娑的泪眼。

踏秋，倾听乡村的音籁

一树秋叶黄，一抹寒烟翠。萋萋芳草绵延陌上，翠黄间白露成霜。脚下簌簌的声响，让我仿佛在倾听，来自乡村的音籁。

蝉鸣已经融入泥土；蛙声，也从稻花香里随秋风悄然逝去，清晨起来，只有栖于屋畔的公鸡，还在袅袅的西风里啼唱。乡村似乎从沉睡中醒来，牛儿哞哞，羊儿咩咩，犬儿汪汪……男人们吆喝着牲畜走向田野，女人们叮叮当当地忙着锅碗瓢盆的交响，孩子们哭闹着在爷爷奶奶的呵斥声中懒懒地从床上爬起……炊烟升起来了，浅浅的蓝，淡淡的香，掩映着晨曦的微光，把烟火的声音，飘拂在山水的眉眼间。

丝瓜架下，铺展着一层黄黄的云，窸窸窣窣，零落着柔柔的轻响。藤蔓间隐约着小鸟的啁啾，脆脆的，仿佛是农家小院荡漾着的盈盈的笑语。老人在花下品茶，清清浅浅的茶水里，沉淀着岁月的隽永。也许是鸟鸣的浸染，老人也不时拉起粗浊的喉咙，沧桑的味道，如身旁泣露的落黄。

已是晚秋，村头的古槐，却流泻着如瀑布一样的墨绿，把秋日的暖阳，筛落成斑驳的碎影。农人们累了，就躺在清清的凉爽里，从叶的缝隙间，数着蓝天下白云的影子。偶尔驯鸽嘹亮的哨音，随落叶悠悠落下，便柔曼成一树清幽的梦，款款的，款款的，生长成金黄黄的稻穗、白花花的花生、圆润润的大豆、肥硕硕的地瓜……

潺潺溪水，清清的、亮亮的，如村里姑娘的眸子。石矶上，浣衣的少女，把脆脆的笑语揉进浅浅的波里，惹得鱼儿们欢快地跳跃，它们跌落水面的刺溜声，应和着捣衣的噼啪声，合奏成一首好听的秋声，连同婆娑的竹韵，仿佛是姑娘如花的笑靥里，一对深深的酒窝。

当暮霭沉沉地笼起，村落里便抑扬着寒蛩的吟唱。蘸着寒露的清泪，像潮水一样，起伏着苍凉的幽咽。残月下，雁阵南归，黑魆魆的影子轻轻掠过，却惊起那棵老树上的昏鸦，扑愣愣地，飞向夜的无涯的深邃中。

谁家玉笛暗飞声，散入秋风落满村？笛音隐隐约约，丝丝缕缕，缠绵中有淡淡的忧伤，仿佛远处飘来的，渺茫的稻花的香味。那位戴着金丝边眼镜的吹笛人，把瘦长的身影，倒影在粼粼的波光里，仿佛是矗立在深秋的一枚惊叹号。

小心地折叠，安放在心上，倾听，这缕来自乡村的，晚秋的音籁。

浅浅的冬，浅浅的暖

北风往复几寒凉，疏木摇空半绿黄。当蝉鸣隐匿泥土，雁影逝于南天，一袭流霜，便迎来了浅浅的冬。

喜欢初冬，因为她疏离了晚秋凋零的落寞，淡去了隆冬凛冽的凄冷，像一位笑语盈盈的少妇，举手投足间，洇漫着脉脉温情楚楚风韵。

风韵从枫叶的鲜红与银杏的翠黄中款款铺展，热烈地，有摄人心魄的旖旎。瑰丽的色彩，绚烂着浅冬的色调，浓墨重彩着岁月的诗行。枫叶红色的血液偾张着鼓胀的叶脉，在桑榆的落照里盘旋着坠落，像一枚枚金币，叮当地流响着冬的物语。而婆娑成蝴蝶一样银杏的叶子，在天地间拉起翠黄的帘子，倾洒一场酣畅淋漓的相思雨，弥散着淡淡的银杏的药香。脚下，是沙沙的声响，柔柔的，仿佛是穿行在时光隧道里，谛听着大自然的音籁。

春华秋实的丰盈之后，冬的原野，便点染着麦苗青青的希望。郁郁葱葱，绵绵柔柔，蜿蜒到天涯。如果说，枫红杏黄，是点缀浅冬的两枝鲜艳的画笔；那么，冬野中弥望的绿色，就是她一袭青衣，于色彩的冲淡中荡漾着丝丝缕缕的温情。星辉掩映，流霜晕染，饱饮日月精华，根植大地芬芳。于青春拔节绿油油的梦想里，灌浆着金色的麦穗。

门落小雪能醒骨，窗临残照好读诗。若是初雪不期而至，似霜似霰，小轩窗前，便有窸窸窣窣细微的声响。掩卷聆听，隐隐约约如蚕儿咀嚼着桑叶。于“柳絮”不疾不徐的飘落中，墙角的一树梅花，似乎已经串起了鲜红的火焰，满屋顿时充盈着香雪的味道，与书香茶韵萦绕。便忆起雪小禅听雪的心语：“听雪，也是听心，听雪的刹那，心里会开出一朵幽静的白莲花。”此刻，这朵圣洁的花儿，正次第地烂漫在初冬，飘香于书窗，正如那杯热气轻漾的香茗，让我心也安暖。

缦立水涘的蒹葭，已经苍黄地消瘦，却将满头洁白的芦花，飘洒成初雪的模样。就梦想着纵一苇之所如，凌万顷之茫然，于浅冬的苍茫中，让我的心船，泊于芦花被下，卧雪眠云，守得心和气暖，沉淀一种人生的静美。

哦，这个浅浅的冬！这份浅浅的暖！

冬日，期盼一场静静的雪落

冬日，最能滋生一种恬静闲适的情调，就像是相遇一场雪，雪前、雪中、雪后，晕染的，都是恬淡悠远的境界。

“绿蚁新醅酒，红泥小火炉。晚来天欲雪，能饮一杯无？”绵密的彤云，为村落的暮色，拉起一层灰蒙蒙的帘幕。万家灯火，却点燃一窗窗温馨的柔柔的灯苗。恪尽人事后的闲暇，就期盼着有二三好友，施施而来。围炉夜话，酾酒话旧，低吟浅酌。或举杯邀明月，或把酒话桑麻……只等雪花纷纷扬扬而至，隔断酒醉人风雪的归途，酽酽地，仿佛和这个雪夜一起，深深地睡去。

雪落的日子，是冬日最富情致的灵动。

赏雪可以观：“一片一片又一片，两片三片四五片。六七八九十来片，飞入芦花都不见。”这是一场玉蝶婆娑，仙羽翩翩的视觉盛宴。心随六出冰花，款款飞扬；身如一枝绿竹，端坐雪中。刚刚还是绿意沉沉，转瞬间已经是玉树琼枝。风依雪起，竹韵萧萧，一枝一叶总关情的，是雪染竹海的银色连天；凝眸处，心为竹役，全然没有板桥先生“疑是民间疾苦声”悯怜苍生的异想。

赏雪可以听。雪小禅说：“听雪，也是听心，听雪的刹那，心里定会开出一朵清幽的莲花。”这清幽的莲花，如雪一样洁白，似皎然无尘的心性。雪花轻飘的日子，像蚕儿咀嚼着桑叶，窣窣有声，又像风儿抚摸着细沙，窸窸作响。吻瓦浅浅，挂树依依，落地轻轻，氤氲着唐诗的烂漫，宋词的清婉。只有“人闲雪花落，心净万事空”的静默幽远，才有如此的佛性禅意。

赏雪可以钓。“千山鸟飞绝，万径人踪灭。孤舟蓑笠翁，独钓寒江雪。”谪居天涯一隅，千山暮雪，人鸟俱远，那就一蓑缟素，独钓寒江雪吧。“一篙一橹一孤舟，一个渔翁一钓钩。一拍一呼一声笑，一人独占一江雪。”孤拔悠远，惊艳绝伦。一把长竿，于风雪中伫立，他在垂钓一种精神：于坎坷中坚忍，于孤寂中历练。

雪晴后的红装素裹，惊艳与妖娆之外，别有一番生活的况味。

“草枯鹰眼疾，雪尽马蹄轻”，是纵横雪霁，骋怀雪野最惬意的游乐。丢下沉甸甸的杂务，抛却无休止的俗事，皈依自然的生命的原乡。原来，还有那么多赏心乐事，于得得的马蹄声中，恣意地把玩：踏雪寻梅，溪桥畔那屈曲盘旋的墨色的虬枝，红的、白的、黄的，将梅花的心事缤纷地缠绕；也可作一次原始的狩猎，不奢求囊中有几多野味，只想把儿时的童趣，装得满满。

或者于暖阳中，泡一壶香茗静坐。看皑皑白雪留白于天际，绵延到天涯，天地归一,万象茫茫。北风中残枝黄叶的枯槁，倏忽不见，红霞中喜鹊麻雀，翩然归来。她们密密地翔集在高压线上，叽叽喳喳地闹着，如五线谱上律动的音符。

冬日，期盼一场静静的雪落，便能参悟冬之三味：闲适，超然，回归本真的自娱自乐。

钗头凤，梦落沈园梅香残

孤村僵卧，铁马冰河，楼船夜雪，于潇潇的春雨中依稀而去；瓜州渡的狼烟、大散关的战火，如一片云，随雨霁散尽。只有落红随风，飘飘洒洒，在我的院落床畔萦绕……

多么鲜艳的落红啊！莹莹柔柔，灵动着一袭百媚的妖娆，多像六十多年前，那场洞房花烛盈盈的喜庆！红烛融融，香雾依依，韶乐袅袅。酒终人散后，当我轻轻挑起那顶神秘的红盖头，一张如白梅一样漂亮的脸，就款款偎依在我的怀里。她就是我的表妹！她就是我的妻子啊！当我把祖传的钗头凤，深情地插入她如黑色瀑布一样的发鬓，我看到，她的泪水，像流泻的珍珠，于烛光的摇曳中，流淌……

从此，如一对蹁跹的蝴蝶，我俩在花丛柳丝间缠绵。会稽山下、鉴湖水面、沈园桥畔……留下了多少开心的欢笑，倒映着多少醉心的流连。

不会忘记，春风沉醉的夜晚，花间一壶酒，对饮复相欢的酣畅；不会忘记，荷香莲韵间，月下采莲时满湖的柔情；不会忘记，秋阳如瀑中，采菊东篱悠然南山的写意；不会忘记，湖心亭看雪，人舟一芥，你用心地为我披上棉衣，细语喃喃……

可是，这一切爱的温馨，却被母亲活生生地扯断！理由很荒唐，却很冠冕：男儿经世报国，怎能沉溺儿女情长！浸润着泪水的一纸休书，是我一生难以痊愈的殇。

那时，国事正艰难。金人的铁骑，践踏着南宋半壁山河。仰天长啸，壮怀激烈，失去了真爱，我只能尽一腔热血，万丈豪情，靖国难，雪国耻。

长烟落日，孤城紧闭。浊酒一杯，去家万里；燕然未勒，归乡无计。耳听羌管悠悠，眼见霜花满地，我也难寐。我在想着千里之外的沈园，我在想着紧扣红红的酥手，沉醉着黄縢酒酽酽的酒香。

也许是酒在醉人，也许是我在求醉，反正，沈园和她离异后不经意的邂逅，在和她梅香氤氲的对饮中，我是沉沉地醉了。

我记得她的泪，我记得她的笑，我记得我醉眼蒙眬中，她踽踽独行着彳亍的背影。

我忽然想起，我，已经是再婚的新人婿；她，已是再嫁的他人妻。

但曾经的过往，那钗头凤下的依依难舍，款款情深，还有梅影中婆娑的相偎，一切，还能再回来吗？

粉墙留白，空庭寂寂。我和着泪水，啼血题词——

红酥手，黄縢酒，满城春色宫墙柳。东风恶，欢情薄。一怀愁绪，几年离索。错、错、错。

春如旧，人空瘦，泪痕红浥鲛绡透。桃花落，闲池阁。山盟虽在，锦书难托。莫、莫、莫！

我只想泼洒自己锥心的痛悔，只想倾吐自己郁结的相思。但几十年后，当我再游沈园，我题词的粉墙已经剥落，可身旁的另一首《钗头凤》，却雨落残红，宛然在目——

世情薄，人情恶，雨送黄昏花易落。晓风干，泪痕残。欲笺心事，独语斜阑。难，难，难！

人成各，今非昨，病魂常似秋千索。角声寒，夜阑珊。怕人寻问，咽泪装欢。瞒，瞒，瞒！

我知道，她已经离我而去四十多年，香随风去，骨已成土；我更知道，再做人妇的日子里，她以泪和面的不堪，她夜阑辗转的难眠，她题词柳深的决绝……这一切，都随一缕梅香而去，只留下我白发皤然的寻梦人，茕茕孑立，形影相吊，和泪吟哦——

城上斜阳画角哀，沈园非复旧池台，
伤心桥下春波绿，曾是惊鸿照影来。
梦断香消四十年，沈园柳老不吹绵。
此身行作稽山土，犹吊遗踪一泫然。
…………

梨花落，此生只为一人去

一座古庙，剥落着夕照的苍凉，颤颤巍巍地支撑在马嵬驿畔，一如烽火中风雨飘摇的大唐。

像破庙中落入蛛网的飞蛾，我被捆缚着囚在佛龛旁。高力士宣着诛杨的圣旨，杨玄礼攥着森森的白绫，昨天还是堆满谄笑的脸，阴冷着恐怖的狰狞。

我知道，风雨中的国殇，需要一个女人的生命来祭奠；我也明白，刀剑挟持下的明皇，再也不能保护他最心爱的贵妃。

系在我脖颈上的那一纨素白，越来越紧了，恍惚间，飘拂在我泪光中的那片白，变成了一地零落的梨花……

好一场梨花雨的惊艳啊！花谢花飞，潇潇洒洒，把大明宫的红墙，掩映成祥光缭绕，云蒸霞蔚的写意。

一年一度的清明，梨花开得最灿烂的时令，飘香的梨园，韶乐总会随着花香，苒苒轻漾。宫中的伶人，还有应邀入宫的坊间名伎，或歌，或舞，或奏，总要把皇上御制的《霓裳羽衣曲》，演绎到极致。

那时，我还是宫中修道的太真，慧心如一树梨花，总是灿灿地留白。而梨园中偶然的一次流连，成为改变我宫中生活的拐点。

那天，我沉迷在公孙大娘剑舞的出神入化中。一袭白衣，双手挥剑，临风蹁跹，她飘忽在和她一样洁白的梨花雨中，起如羿射九日，帝骖龙翔；罢又如雷霆息震怒，江海凝青光……

而一句很好听的男人的低语，就如梨花一样，轻轻落于我的耳鼓——

你真美！好像梨花一样，让我痴迷！

他紧紧地揽我入怀，就像一朵梨花，我融进了他的心波，也融进了大明宫金碧辉煌的晨钟暮鼓……

从此，如一双蝴蝶，我俩总是形影不离地相守：大雁塔呢喃的紫燕、华清池游嬉的锦鲤、芙蓉园飞舞的蜻蜓……款款柔柔，清清浅浅，温馨着大唐帝国的歌舞升平。

李白酒醉后的狂疏倨傲，我俩淡然一笑；张旭痛饮后的狂草疾书，我俩击节惊叹；还有那位圆圆溜溜，胖得像一头肥猪的安禄山，胡腾舞却跳得疾如旋风，每次都让朝臣们捧腹连连……

从“太真”到“贵妃”，我似乎只是觉得称呼的改变，我只是深深地爱着那个男人，那位在梨花落雪的缠绵中，呵护着我，像春阳呵护着梨花一样的爱我的男人。

初心宛然，一如梨花般洁白留香。清风明月夜，牡丹睡去时，我常常在祈祷，为爱我的男人，为我爱的大唐。

可是，这一切美丽的梦想，却在那个雨骤的晚春，随落红一起凋零。渔阳鼙鼓，惊破了帝国的春梦；九重城阙，沉沉地笼罩着遍地狼烟。霓裳已破，羽衣染尘。辘辘远听，满耳是残兵们的哀怨，白骨原野上的乌啼……

我知道，自己只是一个弱女子，我柔嫩的肩膀，难以挑起大唐的国运。但既然将士们让我做衅钟的牲畜，卑贱如斯，舍之何惜？

只是，梨花落后，春已阑珊。被禁军刀剑挟持着的大唐皇帝，还能如开元之初，挥洒着盛唐的气象吗？

“梨花开，春带雨；梨花落，春入泥。此生只为一人去……”蓬莱宫中，白云盈袖，如一树怒放的梨花。

看哦，天边有彩云盈盈飘来，是不是他在大明宫中，亲手为我御制的霓裳羽衣……

思念成殇也生香

唐诗宋词的流韵里，轻唱的，是一阕阕或浅或深，也浓也淡的思念：思亲怀远，念旧悼亡，想家思归……因为总是被汪汪一碧的泪泉浸染、发酵，便氤氲着人生况味的隽永，成殇，也生香。

“一寸相思一寸血。”游子漂泊、闺中独守、生死相隔、家园遥望……这些渗入骨髓的思念，化而为鸟，便是杜鹃啼血；升华为月，便是西楼清影；落入酒杯，便是滴滴离人的泪水。

囿于道路的坎坷，交通工具的原始，先人们每一次长途的跋涉，都意味着一场生与死的别离。因而，“黯然销魂者，唯别而已”。长亭外、古道边，于《折杨柳》低回的沉吟里，是醉不成欢的惨别，是执手泪眼的无助，是离愁渐远渐无穷，迢迢不断如春水的缠绵……

这些离别之殇，如秋的落叶，凋零着人事的沧桑，却于枯黄的堆积中，款款生香。

这香气，在承载思念的物象里随风浮动，把滴血凝泪的一笺相思，写意得诗意而灵动。

在南飞的雁阵里，在鱼传的尺素上，在驿寄的梅花畔，在皎皎的月光下……这些寄托思念的载体，却如南国红豆，摇曳着爱情的鲜艳；蓝田美玉，萦绕着相思的迷离；巴山夜雨，增长着共剪西窗的怀想……

也许只是因为人事的不圆满，才会演绎出许多残缺的美丽。如果没有梁祝爱情的悲剧，便不会有化蝶蹁跹的丽影；如果缺少雨霖铃的凄绝，便不会有杨柳岸晓风残月的画意。

离别之苦，相思之痛，故园之悲，这些洒满泪水的离愁别绪，一经真情的点染，久别的历练，生死的隔离，就会蚌泪成珠，生成着人情的笃诚，人性的怜悯，人生印着斑斑苍苔的劫后余生的感动。

在科技日新月异的今天，思念似乎也越来越“快餐化”，缺少些许人生的内涵。微信互动，海内存知己；视频打开，天涯若比邻。因为失却情感的沉淀，昨天血泪浸染的思情，如墙上芦苇，根底浅浅；如山间竹笋，内容空空。那种滋味，似饮一杯温开水，淡淡地微凉。

那颗红豆，那轮明月，那朵梅花，还有回响在心头的杜鹃的啼唱，染着春天绿色的《折杨柳》，什么时候能回到人们的心灵深处，袅袅地生香？

胸有书画即风景

书画是案上的山水，山水是大地上的书画。季节的春夏秋冬，蕴贮着人情的悲欢，晕染着自然的缤纷，掩映着人事的繁复。好像是一帧水墨丹青，徐徐地舒展着岁月的画卷，四季变换，禅意流动。

春气乍暖，虫声唧唧，叶影、花香、虫鸣……仿佛是一层浅浅的波，漫洇着绿窗的明媚。煮一壶青梅，于芭蕉树下，品味着渗入齿颊的酸，那酸酸的味道，仿佛是磨难碾压的经年。于柳丝花丛中洒满泪水的长亭古道，被离情隔断的相思，弯弯，绵绵，无期……纵横如一叶窗棂。且在窗前品梅，任柳花满天，缠绵着思念滂沱的春。

莲叶接天，那一抹浓绿，把窗棂浸染得苍翠欲滴；荷花盈盈，仿佛小轩窗前如花的笑靥。荷叶田田，涟漪清清，画船款款，采莲姑娘们脆脆的笑语，像南来的风，把青春的心事，随着荷叶的绿波浅浅地铺展。且把如琥珀一样美酒喝干，沉醉，沉醉，迷离荷花丛中，忘却今夜归来的路。

村边，绿叶婆娑；城外，青山依依。秋日的阳光，像白色的瀑布，把原野发酵成青黄。乡情郁郁，浓烈如手中的这杯酽酽的酒。“开轩面场圃，把酒话桑麻。”农事连着人事的喜悦，晴光染着秋光的丰收。菊蕊摇黄，如杯中浓浓的米酒，醉了时令的重阳，醉了晚秋的村落，醉了不疾不徐，缓缓流动的岁月。

西岭上，皑皑白雪沉睡千年，却被一扇秋窗，相拥于怀。皎洁的月色，皎洁的雪光，把梅花疏落的影子，画在窗棂的眉眼间。“江南无所有，聊赠一枝梅。”可是，那些逝去的江南的梦影，是被画船听雨的潺潺声悄然消隐，还是被凝碧于天的春水汤汤洗去？冬夜无语，月光默默，唯有窗前的那树梅花，在瑟瑟的冷风里，摇曳着春天的心事，于禅意流动间，深情地诉说着人情的况味……

胸有书画即风景。岁月，一本无字的书，一首有韵的诗。世事的沉浮，人情的平仄，于流年的沧桑里，让轮回的四季细细的解读。

人间有味是清欢

生活如花，固然灿烂着一树花开的短暂的惊艳，但更多的，是落花后的清婉，脱叶后的落寞，甚至是落雪满枝的枯寂。绚烂之后是平淡，洗尽铅华归自然。

心素如简，人淡如菊。于袅袅的烟火里体悟寻常日子的真味，于淡淡的茶水中咀嚼人性与人情的芬芳，便是人间最美的清欢。

清欢有味，是家人相依亲情融融岁月安然的温馨。

一湾春水，几间草堂；沙鸥翔集，燕子呢喃。历经多年战乱的流离，诗人杜甫，终于在朋友的接济下，于临江一隅，安顿了自己漂泊的灵魂。“自去自来堂上燕，相亲相近水中鸥。老妻画纸为棋局，稚子敲针作钓钩。”像燕子一样自去自来的自由，像水鸥一样相亲相近的静好。夫妻对弈，爱子江钓……温馨而悠然，如草堂畔日夜东去的江水，静静地滋润着那一段清闲的时光，成为一代诗圣最幸福的回忆。

清欢有味，是挣出尘网采菊东篱种豆南山的恬适。

能不为五斗米折腰，这样的骨气已经是高山仰止了，而能决绝官场，归隐田园，融身于百姓的烟火之中，“采菊东篱下，悠然见南山”，超然物外，天人合一，更是景行行止的骇俗之举。靖节先生从浸染着汗水的豆荚里，从萦绕着酒气的菊香中，静静享受着根植自然的朴素的欢欣，那种清新质朴的味道，仿佛是一缕春风，把官场上酸臭的积习一扫而去。从此，他就变成一枝菊，一轮月，把那抹浓香，那掬月光，泼洒在民族灵魂的最深处。

清欢有味，是茅屋一椽陋室几间知音满座的淡雅。

“斯是陋室，惟吾德馨。苔痕上阶绿，草色入帘青。谈笑有鸿儒，往来无白丁。可以调素琴，阅金经。无丝竹之乱耳，无案牍之劳形……”一篇《陋室铭》，千年共清欢。经书满屋，琴声入心。于墨香琴韵的萦绕中，一颗颗染尘的心被擦洗，一棵棵伟岸的树，矗立于民族精神的高地。中国知识分子的血脉里，于月白风清的朗润中，越发独立与高贵。琴心剑胆，书生意气，成为他们品质的内核里，最掷地有声的元素。

平平淡淡的日子，清清淡淡的欣欢，真真切切的幸福。清而能欢，是天下莫能与争之大美。生活越素简，内心越绚烂、丰盈。

酒醉的蝴蝶

“怎么也飞不出，花花的世界，原来我是一只，酒醉的蝴蝶……”

曲中弥散着浓得化不开的伤感，像厚雪积压着的冬云，沉沉地笼罩着岁月的深处。什么样的酒，一饮成蛊？什么样的情，一尝成殇？蝴蝶翩翩，心也翩翩，驿动的情思，蝶翼般轻盈而斑斓。

蝶身舒展，蝶形柔曼，蝶色妩媚，蝶情钟笃：身美、形美、色美、情美，蝴蝶，千百年来，往往是一种纯美情愫的皈依。那些飞翔于人事中的片片蝶羽，总是因为人情的喜怒哀乐，啜饮着或甜或苦，或喜或悲的酒，演绎着世事的荡气回肠。

“八月蝴蝶来，双飞西园草。感此伤妾心，坐愁红颜老。”一夜西风袅袅，落黄簌簌飘零，摇落于枯枝衰草之间，婆娑如烂漫的蝴蝶。西园踽踽独行，茕茕孑立着自己的身，自己的影，自己的心。漂泊天涯的人啊，还记得牵手游园时，让双飞的蝴蝶款款栖落在我俩的肩头发畔？还记得挥扇戏蝶时隐现花丛迷离的身影？还记得蝶儿双舞我俩执手无尽的缠绵？……然而，似乎是一双酒醉的蝴蝶，我在瞩望，你在流浪，于渺渺的相思中颠沛流离，醺醺地饱尝着生活的风雨，也许，会折翅于流年的未知！

“的的珠帘白日映，娥娥玉颜红粉妆。花际徘徊双蛱蝶，池边顾步两鸳鸯。”心路永是渺茫，情海波涛依旧，但一双蝴蝶，一对鸳鸯，自是情天恨海中最永恒的祈盼，即便于酒醉的梦乡中，也浸染着泪痕斑斑。

蝴蝶轻盈飘忽，仿佛是人生的灵魂一瓣。当她羁绊于世俗的尘网，蹀躞于名利的樊笼，自由的思想，便如一只酒醉的蝴蝶，颓然蛰伏于花花世界的边缘。于是，一场“蝴蝶梦”，便是超越生死，物化悲喜的大智慧，大知觉。“昔者庄周梦为蝴蝶，栩栩然蝴蝶也，自喻适志与，不知周也。俄然觉，则蘧蘧然周也。不知周之梦为蝴蝶与？蝴蝶之梦为周与？周与蝴蝶，则必有分矣。此之谓物化。”

“庄生晓梦迷蝴蝶，望帝春心托杜鹃。”当世俗的尘埃太重，蝶翼已难以拍动，不妨在酽酽的酒中酩酊一醉，齐生死，等荣辱，一物我，这便是从污泥浊水中的蝉蜕，于凤凰涅槃中的再生。栖息于花草之丛，飞扬于天地之间，随风飞舞，闻香而至，饿即食、累即歇，自由蹁跹，无拘无束。精神的大逍遥，心灵的大解放，才是人生的大境界。

做一只酒醉的蝴蝶吧，历练了情殇，才坚硬了奋飞的翅膀；阅尽了世相，才通透了纷繁的思想；尝遍了百味，才更珍惜春风的暖，花香的甜，葳蕤葱茏中阳光雨露的贵重。

明月在，彩云苒苒几时归？

有一种修为，叫“不困于情，不念过往”，便是心如止水，把人间的喜怒哀乐洗去，把昨天的春夏秋冬沉淀。但这种“太上忘情”的境界，芸芸众生，纷纷人事，有几人能看穿，悟透?

人生如一道风景，物像越丰繁，世相越芜杂，内涵越丰富，生命越精彩。如果要归零一切鲜活的记忆，生命的意义，便是一望无垠的荒原。

“当时明月在，曾照彩云归。”尽管彩云苒苒，随风而去，但这轮明月尚在，还是把皎洁的清辉，朗朗地照彻着蕴藉如彩云一样美丽的往事。春已阑珊，花已飘零，紫燕呢喃着双双在落红中翩翩穿梭，伤怀人如芦苇一样清瘦的身影，就更显得茕茕孑立，形单影只 。可是，当那轮明月，把水银一样的柔光，静静地晕染，逝去的美丽，便复活在他的身心：生根，萌芽，拔节，吐穗，飘香……

其实，这轮明月，高悬在每一个人的心海。月有阴晴圆缺，人有悲欢离合，但只要在月亮升起的地方，总能生长着童话和歌谣，于心底最柔软的地方，酸酸甜甜地萌蘖、抽芽、长大……

月亮润泽着盈盈的乡愁。在一次次月盈月亏的轮回中，儿时的故乡，携着童年的岁月，如彩云一样，越飘越远了。杏花疏影里，那位吹着长笛的盲人，是否还在如水的月光中，让笛音呜呜，如月色一样缥缈？在如潮的蛙声中，坐着阿娇的小船，还款款地蜿蜒于荷塘月色中，把采莲的情歌袅袅地轻唱？那片婆娑着月光的竹叶，还在摇曳着亭亭的翠影，于秋夜的清凉中，翘盼着浣衣的村姑嬉闹着归来？还有那轮像清霜一样洁白的寒月，是否还挂在村头光秃秃的老树间，倾听着风雪夜归人匆匆的足音？……

童年何事长望月？月华曾经照何人？流年悠悠东逝水，明月年年只望乡？

初心如月，皎皎无尘。明月在，一片冰心就在。青涩岁月中的豆蔻年华，风华正茂里的激扬文字，闯荡天涯时的古道西风，白发皤然后的竹篱黄昏……月亮，仿佛是一枚亮亮的印章，为每一段峥嵘的岁月，深深地留痕。

逝者如斯，不舍昼夜。不管怎么流连，过往的一切，已隐没在岁月的深处，再也不能回来。但只要心中的月亮不落，那片负着往事的美好，在记忆的天空中悠悠而行的彩云，就一定会苒苒归来。

浴火涅槃，方有凤凰来仪

丹凤朝阳，金凰翠舞，一身惊艳，满目华彩，如惊鸿一瞥，如鹤鸣九天，把生命的恢宏渲染到了极致。仿佛是一幅画，一首诗，让岁月诗情画意，叹为观止。

然而，凤凰的每一根艳羽，每一抹色彩，每一次舞蹈，都是浴火重生后生命的涅槃。

“成功的花儿，人们只是惊羡她现时的明艳，然而，当初她的芽儿，浸透了奋斗的泪泉，洒遍了牺牲的血雨。”

生活如一池春水，安然淡然于时光的深处。如果要升华为一弯彩虹满天彩霞，绚烂着人生的诗意，每一滴水珠，都要历练着阳光的炙烤，忍痛着自身的裂变，飞升着生命的高度。

从生活的平淡中，品尝出境界的恬适，是参悟世事后的智慧。

生活如水，于清浅的时光中淡然流过，很多人往往感慨着生命的短暂：“逝者如斯夫，不舍昼夜”，“人之相与，俯仰一世”，“譬如朝露，去日苦多”……生命的智者，却会于水的浅淡中，看到阳光折射后赤橙黄绿青蓝紫的明媚；于水的蒸腾中，仰望彩彻区明，长虹贯日的奇丽。

一把素琴，一片幽篁，因为有这么一群境界幽远的智者在，便活出精彩的“竹林七贤”来。偃仰啸歌，便是一首动听的歌谣；倚竹听涛，便是一幅写意的画；一举手一投足，便是格致着精神的高贵。这种高贵的精神，仿佛是盛开于靖节先生竹篱旁的枝枝秋菊，在命运的严严寒霜冷冷西风中，傲然而立，盎然怒放。

从人生的苦难中，咀嚼出人情的况味，是人性超然的体悟。

生活不会永远是春和景明，鸟语花香。但生性豁达的人，总会看到生活中最明朗的一面。“春有百花秋有月，夏有凉风冬有雪。莫将闲事挂心头，便是人间好时节。”一场“乌台诗案”，让苏东坡从此走上颠沛流离的流浪。但一颗不屈的灵魂，让他永远保持着人性的超然。谪居黄州，于山高月小，水落石出的清远中，扯一缕清风，耳得之而为声；揽一抹月光，目遇之而成色。再贬惠州，瘴气弥漫，地远人稀，却于发配的苦难中品味荔枝的甘甜。“日啖荔枝三百颗，不辞长作岭南人。”最后远谪儋州，只身孤岛之上，他却津津有味地自嘲着一生的业绩：“心似已灰之木，身如不系之舟。问汝平身功业，黄州惠州儋州。”坎坷、磨难，一道道生死劫，更磨砺了诗人生命的厚度，成就了中国历史上又一座文化山——东坡风骨！

生活中充满苦难，直面而上，向死而生，才能锻造出生命的精彩。曾几何时，一场突如其来的疫情，如黑云压城，肆虐着江城三镇。而一群群最美的逆行者，如一道道圣洁的诗行，谱写着仁者仁心的大爱。也许，护士服、燕尾帽，只是寻常日子里寻常的工作服饰，然而，当她们一次次被病毒侵袭，一次次被汗水浸透，她们已不再寻常。经过了生与死的考验，这些最可爱的人，已浴火重生，涅槃成一只只人间最美丽的金凤凰。

浴火涅槃，方有凤凰来仪！

愿伴琥珀光，此生梦可期

“对酒当歌，人生几何！譬如朝露，去日苦多。慨当以慷，忧思难忘。何以解忧？唯有杜康。”一曲《短歌行》，诗酒千年情。人生如诗，唯美酒的浸染，方能醇厚隽永，香味悠长。

少年的梦想：“白马饰金羁，连翩西北驰”，“捐躯赴国难，视死或如归”。怀着建功立业的梦想，在青春最美丽的年龄，当边关烽火，肆意弥散，一腔壮志，一股激情，一弯长弓，一骑白马，肩头，箭镞如矢，怀里，浊酒一杯。醉卧沙场君莫笑，古来征战几人回。金戈铁马，风雪潇潇；热血横飞，浩气四塞。酒，是壮行的慰藉；酒，是驰骋的胆气；酒，是追梦的力源。酒入肝肠，热情似火；酒洒疆场，饮觞秋风。追梦，烈酒酽酽，黄沙漫漫，长河遥遥，落日圆圆。今夜，月冷星稀；今夜，不醉不归。

“鸡声茅店月，人迹板桥霜。”为了让梦想成真，为了让心思成就，筑梦，此生，永远颠簸在追求的路上；此生，永远有美好的愿景在前。风萧萧，路漫漫，山隐隐，水迢迢，任离愁渐远渐无穷，迢迢不断如春水。

筑梦，需高瞻远瞩的襟怀：“昨夜西风凋碧树，独上高楼，望尽天涯路”；需宵衣旰食的勤勉：“衣带渐宽终不悔，为伊消得人憔悴”。每一步努力，都是血汗挥洒的路；每一番成就，都是春华秋实的喜；每一回梦想的开始，都是此生无怨无悔的执着。

像筑路一样辛劳加身，像筑路一天重任在肩，筑梦，是汗水浸染的品格，是烈酒铸就的刚强。前方，山重水复，扑朔迷离，但心若在，梦就在。此生有梦，必将豁然开朗，柳暗花明。

“梦里寻她千百度，蓦然回首，那人，却在灯火阑珊处。”圆梦，辉煌在笑容的灿烂里，却沉淀在奋斗的汗水中。如美酒的芬芳，历经酿造的艰辛，人生的成功，离不开摸爬滚打，艰难困苦，淬火锻造。

酿酒：选料，制曲，发酵；此生：追梦，筑梦，圆梦。愿伴琥珀光，此生梦可期。

瞩望，那扇深情的窗棂

“一窗一世界，一树一菩提。”一扇雕花的窗棂，一帧境界层深的画卷：虫声新透的绿纱隐隐，共剪西窗的温馨眷眷，梳妆轩窗的含情深深，竹韵落窗的书案青青……仿佛是皓皓的明眸，善睐着人文清澈的素影。

今晚，新秋伊始，凉风习习，人文之窗，如故友有约，悄然开启。让我们一起，去感受人情的温度，揣摩人心的图画，品味人间的烟火，用如火的热心，如灰的冷眼，浏览人世的风情。

人文，是发乎情，止乎礼的礼乐教化。法天正己，遵时守位，知常明变，居安思危，趋利避害，开物成务，建功立业……所有的利在当代，泽被子孙的千秋之业，都是源于对人性春风化雨，滋润无声的熏陶。

人文之窗总是把教化的责任，庄严地扛于肩头，着眼民生，关注国运，敏锐地捕捉寻常百姓的烟火，倾听忧国忧民的呐喊。留守儿童的亲情滋养，弱势群体的生存挣扎，素质教育的切骨阵痛、老少边穷的终极关怀……把世相的酸甜，人生的百味，像一本教科书，声情并茂地展现在人们的面前。让心存怜悯的人戚然心动，让为官一方的人悚然关注，让观略人风的人肃然帮扶……因而，这扇氤氲着人情温度的窗口，永远是一枝明媚的鲜花，绽放着春天的美丽；永远是一颗璀璨的星斗，引领着深夜跋涉的人们，走出黑暗，迎接黎明。

感人的歌声，留给人们的记忆总是长远的。那跳跃着昨日时光的音符，斑斑地，印满岁月的苍苔，却于往事的回味中，倍觉人事的美好、甜蜜。青梅竹马的清纯，栉风沐雨的峥嵘，焚膏继晷的勤勉，绿色军营的历练，蹉跎岁月的泪花……歌声不绝如缕，怀旧余音绕梁。一首老歌，一个时代的印记，一种人生的况味，一曲历久弥新的过往流年的祭谣。

“世事洞明皆学问，人情练达即文章。”童年的无知可爱，少年的无知可笑，青年的无知可怜，中年的无知可叹，老年的无知可悲……所有人间的镜像，于一扇荡漾着人文之风的窗棂里，历历呈现。每一篇温情的文字，仿佛是一锅浓稠稠的鸡汤，营养着一颗颗人文素养匮乏的心灵，让她们滋养，让她们丰盈，让她们洁净。守着一轮皎洁的月亮，偎着一棵道德的大树，永恒！

让人文之窗，打开一片缤纷的琉璃，像一颗熠熠闪光的北斗。

治大国如烹小鲜

如果说，居家过日子，是“开门七件事，柴米油盐酱醋茶”。那么，好的烹饪，便少不了葱姜蒜盐酱醋油。只有把这些调味品精心调制，合理搭配，才会烹出美味可口的菜肴。

老子在《道德经》第六十一章中，有感商朝贤相伊尹治国之道，把国君，喻作烹饪师，把理政，看作烹小鲜，“治大国如烹小鲜”，取诸俗事，寓理幽微。

春夏秋冬的更替，才会有四季的精彩纷呈；悲欢离合的历练，才会有人生的风云跌宕；纷繁复杂的交织，才会彰显治国者高屋建瓴纵横捭阖的智慧。

中国的国情，有五千年文明深厚的积淀，有五十六个民族多元文化的交融，有西部与东部沿海之间经济发展的巨大落差，有具有自身特色的社会主义发展体制……怎样最大限度地发掘它们的正能量，彼此协调，和谐互融，科学发展，就需要理政人有“烹小鲜”的睿智，把这些葱姜蒜盐……按比例地配置，最精当地调制，依据每种菜肴的特点，最大程度科学合理地搭配，少一种则乏味，多一种则味涩，不枝不蔓，这样烹制出来的菜肴，才会五味调和，色香味俱佳。五味之于菜肴，共存相生。这些佐料因菜而生香，菜因佐料而有味。共同打造有滋有味的饮食文化。

这种命运共同体，之于人类，相倚相生，相辅相成，在经济日趋一体化的地球村，愈发显得重要。

体制不同，信仰不一，肤色各异，文明纷呈……就像不同的调制品；世界和平发展，共同进步，就是各国政要们努力烹饪的“小鲜”，只有让这些“调制品”和谐共生，共同调配，才会让“小鲜”美味隽永，绕齿留香。

那种“某国至上”“某国优先”的霸权主义，在地球村日趋紧密的命运共同体里，注定是如“孤家寡人”般的“独夫”，迟早会被人类唾弃。

治世如此，修身也然。社会发展，各种知识越来越互融，越来越需要各种“复合型”人才。怎样让各种积极的元素溶于一身，让自我品格洋溢着“小鲜”的芬芳？是每一个现代人必须学会的“人格烹饪学”。

一阕红韵越千年

“那河畔的金柳，是夕阳中的新娘；波光里的艳影，在我的心头荡漾……”

每一次读志摩先生的《再别康桥》，总是被这帧唯美的意象深深地打动：晚霞中的一抹红韵，把袅袅娜娜的杨柳晕染，她便仿佛是一位绰约河畔，含情凝睇，顾盼生香的新娘，与波光里妩媚的艳影一起，惊艳了一袭醉美的流年。

从此，红色的流韵，便洇漫着岁月的过往，婉约着一颗颗善感的心灵。

红韵之于自然，是红云漫卷霞光普罩的瑰丽。朝霞东南隅，是美好一天的开始，红红火火，像红彤彤的朝阳，洋溢着新的希望；晚霞落榆桑，落霞与孤鹜齐飞，秋水共长天一色，夕阳红总是这样熠熠生辉，绚烂多姿。

红韵，总是每一个季节鲜明的主题。春天，灿灿的红色，芳菲尽染，把春姑娘打扮成花枝招展的美丽；夏天，热情似火的阳光，让每一天都偾张着火红火红的活力；秋天，万山红遍，层林尽染，秋的落寞，总被枫叶烂漫地泼洒；冬天，暖阳初生，大雪已霁，红装素裹，分外妖娆，红色江山，竟如此多娇。

红韵之于人事，是红梅落雪折花窗前的诗意。中国红，是民族传统文化中最激情的元素，是喜庆日子里最鲜艳的底色。一袭红装的中国新娘，凤冠霞帔，于红烛温馨的流韵里，享受人生最幸福最甜蜜最浪漫的时光。中国年，泼红流翠，云蒸霞蔚。年的一切，都律动着红色的色调，烘托着红色的背景。红色窗花掩映着红色的对联，沉沉红包鼓胀着一张张灿烂的笑脸，绯红的大门，敞开喜悦的胸怀，接纳天地祥瑞紫气东来。

“江南无所有，聊赠一枝春”，红艳艳的梅花，是漂泊人慰藉乡思最美的皈依；“红豆生南国，春来发几枝”，红嘟嘟的相思豆，把人情的美好密密地挂满；“去年今日此门中，人面桃花相映红”，笑靥如花，桃红依旧，桃花女是否美丽如初？“日出江花红胜火，春来江水绿如蓝”，浓浓的春意，比起“一道残阳铺水中，半江瑟瑟半江红”的萧索，有更多的明媚……

红韵之于梦想，是初心不忘，永葆红心的本色。这熊熊燃烧着的红色火焰，像国旗一样，舞动日月，漫卷东风。南湖的红船、井冈的杜鹃、八一南昌城头的红飘带、天安门前与红日一起冉冉升起的五星红旗……血染的风采里，凝聚着的，是先辈们筚路蓝缕的汗水，捐躯国难的鲜血。

一阕红韵越千年，流在心中的，像血一样鲜活的绯红，是生命的图腾。

灵魂摆渡人

一支竹篙，一双木桨，一叶扁舟，一湾河水；两岸，是依水等待的过客；一生，是来往复始的漂泊。摆渡人，时光被流水冲洗得单调而苍白；他们的人生，却于川流不息的过往中，越发丰富而敦厚。

从父辈手里接过那支染满苍苔，水锈斑斑的竹篙，他就知道，他的生命，已经托付给那只船、那湾水、那些翘首两岸的过客。河岸的芦苇，绿了又白，枯了又青；船上的客人，聚散一茬又一茬；日子，随流水逝去一天又一天。终于，他像竹篙一样挺直的腰杆，像船首，弯成一道弧线；他像铁锚一样结实的肌肉，像缆绳一样绵柔，他映照着水中稀疏的、银白的乱发，多像河畔落雪的芦花啊！

可青春的记忆，却如摇曳水中那抹新生的荇草，在水的微寒中散发着温馨的涟漪，随着芦笛嘹亮的哨音，轻轻荡漾，像春风般温柔。

那个时候，正是春天的年龄。他喜欢扯下芦苇上一面面绿色的小旗，折叠成叶笛，让笛声和着杂草的鲜嫩、河水的清新，还有他浊汗的一丝丝酸腥，从河的这边，飘落到对岸；又从对岸，飘落到河的这边。

这些说不出什么名字的曲调，会让鸟儿们边贴着船儿飞着，边婉转地应着；会让客人们或唏嘘落泪，或欣喜盈盈；会让搭船的姑娘们临水顾盼，静思出神。她们的眼睛，像船身子下面脉脉的流水，幽深深，猜不透。

就有一位叫芦花的姑娘，一次次跑来乘他的船。到了河对岸，却执意留船上，一遍一遍地渡河，一遍一遍地听他吹的叶笛，兴奋起来了，灿烂的笑脸，像早晨的霞光；眨巴着的眼睛，如夜晚点灯的星星。

像苇莺一样，他们终于把爱的窠巢，安在濒河的芦苇丛里，从此，渡船上就忙碌着他和芦花两个人的影子。天气暖了，新娘子采来河畔红红绿绿的花草，把船儿打扮成花枝招展的模样；溽暑来了，丈夫会像一条活泼的锦鲤，钻到水里摘菱角，弄莲子，摸鱼儿……惹得船上的芦花哈哈哈地合不拢嘴地笑；秋风起了，芦花就集来了许多许多像自己一样洁白的芦花，把茅屋理得净净的焐得暖暖的；落雪的日子，她便帮着丈夫，用木榔头在船舷旁碎着冰凌，渡船便像一条大鱼，驮着客人们迅疾地在浮冰上走……

可惜她是芦花，是岸上活着的命。一回回看着丈夫浪里白条一样出没在水里，一回回看着船儿如大鱼一样凌波泼刺，眼里，就会生出许多惊喜、羡慕。

她喜欢秋天，喜欢秋风里飘飘洒洒的芦花雪，更喜欢依时令而来的头顶上带着红色宝石的北方的大鸟。总会让丈夫捕些鱼儿虾儿，把这些大鸟们服侍成了自己的儿女，整日嘎嘎嘎地展着翅膀，围着她转悠。苇花、大鸟、船儿、茅屋、他和她，这片芦苇大洼，是安放着自然与人性灵魂的家。

可就在芦花飘雪的诗性的日子里，芦花美丽的生命，却零落在大洼的沼泽中。为了救出陷入泥淖的那只顶上镶着红宝石的大鸟，她们却一起沉入了深深的黑暗。洁白的苇花，像一块满天的缟素，轻轻地，

轻轻地，覆盖着她和大鸟，仿佛是在秋风里，久久萦绕的芦花洁白的灵魂……

一曲苍凉的笛哨，从苇黄深处飘来，如泣如诉，在秋风里久久不愿散去，仿佛呜咽着的秋水，昼夜拍打着苇叶的轻唱。

哦，可敬的摆渡人：丈夫用渡船，摆渡着河两岸熙熙的过客；妻子，却用一颗爱心，接送着南迁的候鸟。他们都是灵魂的摆渡人，于芦花柔曼的纯净里，播撒着人性的光辉。

有了你，便有了文字的春天

溪水的轻唱，在水之湄芳草萋萋，绿意葱茏；黄鹂的啼鸣，百花从中姹紫嫣红，芳菲一片；春雷的震响，泥土深处万蛰苏醒，生机盎然。诵读，我们用唯美的音符，深情诠释着生活的甜蜜与美好。

像青草绵延的绿色对春水的呼唤，像花海缤纷的灿烂对春鸟的向往，如春天一样美好的光景，期待来源于生活的对幸福快乐的赞美与歌颂。

大海的壮阔，是因为浪花的曼舞；高山的巍峨，是因为松涛的吟唱；理想的天空彩云舒卷，霞光璀璨，丰硕的大地满目锦绣，硕果盈怀，是直入皇天后土的美妙神奇的天籁。

我们生活在这个伟大的时代，眼里，总是层生无限的风景，心里，总是滋长无比的感动。美景生于前，情愫贮于胸，唯歌之于吭，诵之于口，壮怀激烈，指点江山，激扬文字，方能弄潮于盛世的波澜，无愧朗诵人执着的初心不改。

仿佛是一方葳蕤的花园，朗诵平台，是追梦者情感的皈依，是朗诵人精神的家园。蝶儿翩翩，如我们徜徉其间的潇洒；鸟声婉转，是我们传递正能量的美丽的诗行。

诵读，用音符诠释生活的唯美。灌云朗诵人新巢方垒，家园初成，便于理想的最深处，构建了一幅令同行们心动的美好的愿景。唯愿岁月静好，唯愿诵音不辍。

万物萌动，众生向荣。正像初建的灌云诵协，春天，新崭崭、暖融融、活泼泼，一路春风，一路欢歌 。春花满枝，仿佛我们绽放脸上的自信的花朵，绚丽了这个杂花生树，莺歌燕舞的朗诵人的春天。